8 nouvelles policières

RÉUNIES ET PRÉSENTÉES PAR JACQUES BAUDOU

8 nouvelles policières

Illustrations de Frédéric Sochard

Castor Poche Flammarion

L'origine des textes est mentionnée après chacune des nouvelles. Malgré nos efforts, nous n'avons pu identifier les ayants droits de certains textes. Nous les prions de bien vouloir prendre contact avec nous, afin que nous puissions combler les lacunes éventuelles.

87, quai Panhard-et-Levassor – 75647 Paris cedex 13
ISBN : 978-2-0812-0598-7

Introduction

Le récit policier — nouvelle ou roman — est, à son origine, le constat d'un mystère, d'une énigme, puis le récit de la résolution de cette énigme, qui trouve sa source dans un délit : crime, vol, escroquerie, etc.

Aussi est-il d'une naissance tardive dans l'histoire littéraire, même si on peut lui trouver des précurseurs comme, dans cette anthologie, le texte de Voltaire. Pour que le récit policier apparaisse, il fallait plusieurs conditions.

La première est la formation, en Angleterre et en France, des premières forces de police pour lutter contre le crime. C'est ainsi qu'un ancien forçat devenu chef de la Sûreté, puis détective privé, Vidocq, inspira de nombreux écrivains, de Balzac à Victor Hugo en passant par Edgar Poe.

La deuxième est le développement de la lecture. Le livre, la revue ou le journal cessent dans les dernières décennies du XIXe *siècle d'être le privilège des classes aisées pour toucher un public plus large.*

La troisième est le progrès considérable de l'éducation au XIXe *siècle, qui a permis au lecteur d'être familier des processus employés dans le récit policier pour mener l'enquête et résoudre les énigmes : l'observation des indices, la collecte de témoignages, les déductions effectuées à partir de ces bases par le détective, policier professionnel ou amateur.*

Les spécialistes de la littérature policière distinguent plusieurs étapes marquantes dans l'histoire du genre.

La fondation du récit policier parfait par le poète américain Edgar Allan Poe dans trois nouvelles parues entre 1841 et 1842, qui mettent en scène un policier amateur de génie : le chevalier Dupin.

La publication en feuilletons du premier roman policier au début des années 1860 : L'Affaire Lerouge, *de l'auteur français Émile*

Gaboriau, dont les personnages principaux sont des policiers professionnels, MM. Lecoq et Tabaret.

La création en 1887 par l'auteur anglais Arthur Conan Doyle du personnage de Sherlock Holmes, dont le succès public considérable amènera, au cours des décennies suivantes et en particulier dans les années 1920, au développement du roman policier, le detective novel.

Le roman policier est alors conçu comme un jeu intellectuel entre l'auteur et le lecteur, mis en demeure de se mesurer au détective des romans — quand il n'est pas confronté à des crimes impossibles comme ceux commis dans une chambre close.

Si le roman d'énigme est le plus souvent le récit d'une enquête, l'enquêteur n'est pas le seul personnage autour duquel sont construits tous les récits policiers. Dans un certain nombre de cas, c'est le malfaiteur qui a la vedette. Ainsi en est-il en France d'Arsène Lupin, le gentleman-cambrioleur ou de Fantômas, le maître de l'épouvante.

Le roman policier a bien sûr évolué au fil d'une histoire qui a plus de cent ans aujourd'hui. Des États-Unis sont venues deux autres formes de récits. Le roman noir d'abord, qui veut décrire de la façon la plus réaliste possible l'univers du crime et la société dans lesquels il se produit. Né dans les années 1930, au pays des gangsters, des détectives privés et de la corruption, il est aujourd'hui acclimaté partout et constitue la part la plus importante de la production actuelle. Le roman de suspense ensuite, qui met le plus souvent en scène des personnages découvrant peu à peu la menace qui pèse sur eux et décrit leurs efforts pour y échapper.

Cette anthologie n'a nullement l'ambition de couvrir tout le champ de la littérature policière : il y faudrait bien des volumes !

Elle se propose simplement d'offrir au lecteur une poignée de mystères et de lui faire découvrir à l'œuvre quelques limiers talentueux, faisant fonctionner, comme Hercule Poirot, « leurs petites cellules grises », pour trouver, à l'instar de Rouletabille, « le bon bout de la raison ».

La procédure est simple. Il suffit de tourner les pages !

JACQUES BAUDOU

Le chien et le cheval

Voltaire

Voltaire est le pseudonyme de François-Marie Arouet (1694-1778). Célèbre écrivain français du XVIIIe *siècle, auteur de pièces de théâtre (*Zaïre, La Mort de César, *etc.), de contes philosophiques (*Candide, Micromégas*), collaborateur de* L'Encyclopédie *de Diderot et d'Alembert, philosophe, polémiste redouté, il fut l'un des esprits les plus brillants de son temps.*

À l'époque de Voltaire, un recueil de contes

arabes traduit par Antoine Galland connut une grande vogue : Les Mille et Une Nuits. *L'un d'eux, d'origine perse, « Le voyage et les aventures des trois princes de Serendip » raconte l'histoire de trois princes qui rencontrent sur leur chemin un chamelier qui se désole d'avoir perdu une bête. Ils la lui décrivent avec tant de détails que le commerçant, persuadé d'avoir affaire à ceux qui lui ont dérobé l'animal, les fait arrêter. Les trois princes expliquent alors qu'ils n'ont pas vu le chameau, mais qu'ils ont croisé ses traces et qu'ils les ont soigneusement examinées. Ils en ont déduit qu'il était borgne, boiteux, qu'il lui manquait une dent, qu'il était chargé d'un côté de beurre et de l'autre de miel et qu'il était monté par une femme enceinte.*

À ce type de raisonnement qui conduit à partir de l'examen attentif d'indices à faire de judicieuses déductions, les critiques britanniques ont donné le nom de serendipity. *C'est l'un des fondements du récit policier.*

Dans le chapitre extrait de Zadig, *conte philosophique de Voltaire, celui-ci donne un bon exemple de* serendipity...

Zadig éprouva que le premier mois du mariage, comme il est écrit dans le livre du Zend, est la lune du miel, et que le second est la lune de l'absinthe. Il fut quelque temps après obligé de répudier Azora, qui était devenue trop difficile à vivre, et il chercha son bonheur dans l'étude de la nature. « Rien n'est plus heureux, disait-il, qu'un philosophe qui lit dans ce grand livre que Dieu a mis sous nos yeux. Les vérités qu'il découvre sont à lui : il nourrit et il élève son âme, il vit tranquille ; il ne craint rien des hommes, et sa tendre épouse ne vient point lui couper le nez. »

Plein de ces idées, il se retira dans une maison de campagne sur les bords de l'Euphrate. Là il ne s'occupait pas à calculer combien de pouces d'eau coulaient en une seconde sous les arches d'un pont, ou s'il tombait une ligne cube de pluie dans le mois de la souris plus que dans le mois du mouton. Il n'imaginait point de faire de la soie avec des toiles d'araignée, ni de la porcelaine avec des bouteilles cassées, mais il étudia surtout les propriétés des animaux et des plantes, et il acquit bientôt une sagacité qui lui découvrait mille différences où les autres hommes ne voient rien que d'uniforme.

Un jour, se promenant auprès d'un petit bois, il vit accourir à lui un eunuque de la reine, suivi de plusieurs officiers qui paraissaient dans la plus grande inquiétude, et qui couraient çà et là comme des hommes égarés qui cherchent ce qu'ils ont perdu de plus précieux. « Jeune homme, lui dit le premier eunuque, n'avez-vous point vu le chien de la reine ? » Zadig répondit modestement : « C'est une chienne, et non pas un chien. — Vous avez raison, reprit le premier eunuque. — C'est une épagneule très petite, ajouta Zadig ; elle a fait depuis peu des chiens ; elle boite du pied gauche de devant, et elle a les oreilles très longues. — Vous l'avez donc vue ? dit le premier eunuque tout essoufflé. — Non, répondit Zadig, je ne l'ai jamais vue, et je n'ai jamais su si la reine avait une chienne. »

Précisément dans le même temps, par une bizarrerie ordinaire de la fortune, le plus beau cheval de l'écurie du roi s'était échappé des mains d'un palefrenier dans les plaines de Babylone. Le grand veneur et tous les autres officiers couraient après lui avec autant d'inquiétude que le premier eunuque après la chienne. Le grand veneur s'adressa à Zadig, et lui demanda s'il n'avait point vu passer le cheval du roi. « C'est, répondit Zadig, le cheval qui galope le mieux ; il a cinq pieds de haut, le sabot fort petit ; il porte une queue de trois pieds et demi de long ; les bossettes de son mors sont d'or à vingt-trois carats ; ses fers sont d'argent à onze deniers. — Quel chemin a-t-il pris ? Où est-il ? demanda le grand veneur. — Je ne l'ai point vu, répondit Zadig, et je n'en ai jamais entendu parler. »

Le grand veneur et le premier eunuque ne doutèrent pas que Zadig n'eût volé le cheval du roi et la chienne de la reine ; ils le firent conduire devant l'assemblée du grand Desterham, qui le condamna au *knout*, et à passer le reste de ses jours en Sibérie. À peine le jugement fut-il rendu qu'on retrouva le cheval et la chienne. Les juges furent dans la douloureuse nécessité de réformer leur arrêt ; mais ils condamnèrent Zadig à payer quatre cents onces d'or pour avoir dit qu'il n'avait point vu ce qu'il avait vu. Il fallut d'abord payer cette amende ; après quoi il fut permis à Zadig de plaider sa cause au conseil du grand Desterham ; il parla en ces termes :

« Étoiles de justice, abîmes de science, miroirs de vérité, qui avez la pesanteur du plomb, la dureté du fer, l'éclat du diamant, et beaucoup d'affinité avec l'or, puisqu'il m'est permis de parler devant cette auguste assemblée, je vous jure par Orosmade que je n'ai jamais vu la chienne respectable de la reine, ni le cheval sacré du roi des rois. Voici ce qui m'est arrivé. Je me promenais vers le petit bois où j'ai rencontré depuis le vénérable eunuque et le très illustre grand veneur. J'ai vu sur le sable les traces d'un animal, et j'ai jugé aisément que c'étaient celles d'un petit chien. Des sillons légers et longs, imprimés sur de petites éminences de sable entre les traces des pattes, m'ont fait connaître que c'était une chienne dont les mamelles étaient pendantes, et qu'ainsi elle avait fait des petits il y a peu de jours. D'autres traces en un sens différent, qui paraissaient toujours avoir rasé la surface du sable à côté des pattes de devant, m'ont appris qu'elle avait les oreilles très longues ; et, comme j'ai remarqué que le sable était toujours moins creusé par une patte que par les trois autres, j'ai compris que la chienne de notre auguste reine était un peu boiteuse, si je l'ose dire.

» À l'égard du cheval du roi des rois, vous saurez que, me promenant dans les routes de ce bois, j'ai aperçu les marques des fers d'un cheval ; elles étaient toutes à égales distances. Voilà, ai-je dit, un cheval qui a un galop parfait. La poussière des arbres, dans une route étroite qui n'a que sept pieds de large, était un peu enlevée à droite et à gauche, à trois pieds et demi du milieu de la route. Ce cheval, ai-je dit, a une queue de trois pieds et demi, qui, par ses mouvements de droite et de gauche, a balayé cette poussière. J'ai vu sous les arbres, qui formaient un berceau de cinq pieds de haut, les feuilles des branches nouvellement tombées ; et j'ai connu que ce cheval y avait touché, et qu'ainsi il avait cinq pieds de haut. Quant à son mors, il doit être d'or à vingt-trois carats : car il en a frotté les bossettes contre une pierre que j'ai reconnue être une pierre de touche, et dont j'ai fait l'essai. J'ai jugé enfin, par les marques que ses fers ont laissées sur des cailloux d'une autre espèce, qu'il était ferré d'argent à onze deniers de fin. »

Tous les juges admirèrent le profond et subtil discernement de Zadig ; la nouvelle en vint jusqu'au roi et à la reine. On ne parlait que de Zadig dans les antichambres, dans la chambre, et dans le cabinet ; et quoique plusieurs mages opinassent qu'on devait le brûler comme sorcier, le roi ordonna qu'on lui rendît l'amende de quatre cents onces d'or à laquelle il avait été condamné. Le greffier, les huissiers, les procureurs vinrent chez lui en grand appareil lui rapporter ses quatre cents onces ; ils en retinrent seulement trois cent quatre-vingt-dix-huit pour les frais de justice, et leurs valets demandèrent des honoraires.

Zadig vit combien il était dangereux quelquefois d'être trop savant, et se promit bien, à la première occasion, de ne point dire ce qu'il avait vu.

Cette occasion se trouva bientôt. Un prisonnier d'État s'échappa ; il passa sous les fenêtres de sa maison. On interrogea Zadig, il ne répondit rien ; mais on lui prouva qu'il avait regardé par la fenêtre. Il fut condamné pour ce crime à cinq cents onces d'or, et il remercia ses juges de leur indulgence, selon la coutume de Babylone. « Grand Dieu ! dit-il en lui-même, qu'on est à plaindre quand on se promène dans un bois où la chienne de la reine et le cheval du roi ont passé ! qu'il est dangereux de se mettre à la fenêtre ! et qu'il est difficile d'être heureux dans cette vie ! »

Extrait de *Zadig*, de Voltaire (1748)

L'homme à la lèvre tordue

Sir Arthur Conan Doyle

Arthur Conan Doyle est l'auteur britannique (1859-1930) qui a créé en 1887 dans son roman Une étude en rouge *le personnage de Sherlock Holmes, détective-conseil de génie. Il s'est inspiré de ses prédécesseurs Edgar Allan Poe et Gaboriau, mais aussi du docteur Joseph Bell, son professeur à la faculté de médecine d'Édimbourg. Il le mettra en scène dans un second roman,* Le Signe des quatre, *mais c'est la publication des enquêtes de son héros sous la forme de nou-*

velles dans le Strand Magazine *qui les fera accéder tous deux à la célébrité. Lassé de son personnage, Conan Doyle essaiera plusieurs fois de s'en débarrasser, mais il sera contraint par ses lecteurs de lui redonner vie.*

Pourvu de connaissances très disparates, Sherlock Holmes est un détective doté d'un sens très aigu de l'observation et d'une science très fine de la déduction. C'est un as du déguisement et du grimage qui n'est heureux que lorsqu'il a un mystère à résoudre, un criminel à déjouer... Il est sans conteste l'un des personnages de fiction les plus célèbres au monde et on ne compte plus ses incarnations cinématographiques, théâtrales, radiophoniques, télévisuelles ou autres.

Dans la nouvelle qui suit, il mène une enquête sur l'une des affaires les plus singulières de sa carrière...

Isa Whitney, frère de feu Elias Whitney et docteur en théologie, directeur par surcroît du collège de théologie de Saint-Georges, s'adonnait beaucoup à l'opium. Il en avait pris l'habitude à la suite d'une curiosité de jeune homme : lorsqu'il était étudiant, il avait lu Quincey ; cette description de rêves et de sensations l'impressionna ; un jour il mouilla du tabac avec du laudanum, pour voir ce qui arriverait. Comme tant d'autres il découvrit qu'il était plus facile de s'intoxiquer que de se désintoxiquer ; aussi devint-il esclave de la drogue pendant de nombreuses années, en même temps qu'un objet d'horreur et de pitié pour ses amis et sa famille. Je le revois encore, avec son visage jaune, empâté, des paupières baissées et des pupilles sans expression, tassé dans son fauteuil : l'image du naufrage et de la ruine d'un bel homme.

Un soir, c'était en juin 1889, on sonna à ma porte : exactement à l'heure où les honnêtes gens s'accordent un premier bâillement et regardent l'heure. Je me levai de ma chaise, ma femme reposa son tricot et soupira : « Un malade ! fit-elle. Vous allez être obligé de sortir. »

Je répondis par un grognement plaintif, car ma journée avait été épuisante.

Nous prêtâmes l'oreille : la porte de l'entrée s'ouvrit, on parlementa hâtivement, on courut dans le couloir, et on se précipita dans la pièce où nous nous tenions : c'était une dame vêtue de sombre avec une voilette noire. « Excusez-moi de vous déranger si tard ! » commença-t-elle. Puis, perdant subitement le contrôle de ses nerfs, elle s'abattit sur l'épaule de ma femme et éclata en sanglots.

« Oh ! s'écria-t-elle. Je n'en peux plus : j'ai besoin qu'on m'aide un peu !

— Comment ! s'exclama ma femme, qui avait soulevé la voilette. Mais c'est Kate Whitney ! Vous m'avez confondue, Kate : quand vous êtes entrée, je ne vous avais pas reconnue.

— Je ne savais pas quoi faire : alors je suis venue droit chez vous. »

Nous avions l'habitude : les gens en peine venaient vers ma femme comme des oiseaux vers un phare.

« Vous avez eu raison ! Allons, prenez un peu de vin et d'eau, asseyez-vous commodément, et bavardons. À moins que vous ne préfériez que j'envoie James au lit ?

— Oh ! non, non ! J'ai aussi besoin d'un conseil et de l'aide du docteur. Il s'agit d'Isa.

Il y a deux jours qu'il n'est pas rentré. Je suis très inquiète... »

Ce n'était pas la première fois qu'elle nous parlait de ses déboires conjugaux : à moi qui étais médecin, et à ma femme qui était une ancienne camarade d'école, une vieille amie. Nous entreprîmes de la réconforter et de la consoler par les mots qui nous venaient aux lèvres. Savait-elle où se trouvait son mari ? Était-il possible de le lui ramener chez elle ?

Sans doute, c'était possible ! Elle avait un renseignement sûr : ces derniers temps, quand il était en crise, il se rendait dans un antre d'opiomanes au fin fond de l'est de Londres. Jusqu'ici ses orgies n'avaient pas excédé vingt-quatre heures, après quoi il rentrait chez lui brisé et titubant. Mais maintenant quarante-huit heures s'étaient écoulées : il devait se trouver parmi la lie des matelots, aspirant le poison ou terrassé par son effet, très certainement au *Bar de l'Or*, dans Upper Swandam Lane. Mais que pouvait-elle faire ? Comment elle, femme jeune et timide, pénétrerait-elle dans un pareil endroit pour extraire son mari de la foule bestiale qui l'entourait ?

Telle était l'affaire, et bien entendu il n'y avait qu'un moyen de la régler : ne pourrais-je pas l'accompagner là-bas ? ou même, tout bien réfléchi, pourquoi viendrait-elle avec moi ? J'étais le conseil médical d'Isa Whitney ; je disposais en cette qualité d'une influence indéniable. Seul, je m'en tirerais mieux... Je lui promis que je le renverrais, dans un fiacre, chez lui avant deux heures s'il se trouvait vraiment à l'adresse indiquée. En dix minutes, j'avais abandonné mon fauteuil, mon salon douillet, ma paix et mon envie de dormir pour foncer vers l'est ; dès le départ, cette course me semblait extravagante : je n'étais pas au bout de mes surprises.

La première étape se déroula sans grandes difficultés. Upper Swandam Lane était une ruelle sordide, camouflée derrière les hauts wharfs * qui longent le côté nord du fleuve vers l'est du pont de Londres. Entre

* Quais, jetées.

une boutique où l'on vendait des frusques et un débit de boissons, je trouvai l'antre dont j'étais en quête : on en approchait par des marches hautes qui descendaient vers une ouverture noire, quelque chose comme le seuil d'une cave. J'ordonnai à mon cocher de m'attendre et dégringolai les marches : elles étaient creusées en leur milieu par un interminable défilé de pieds ivres. Grâce à la lumière tremblotante d'une lampe à huile au-dessus de la porte, je tournai le loquet et pénétrai dans une pièce longue, basse de plafond ; la fumée brune de l'opium y stagnait pesante et opaque ; des couchettes sur des lattes de bois s'étalaient en étages : on aurait dit le gaillard d'avant d'un bateau d'émigrants.

À travers l'obscurité brumeuse, il était possible de distinguer vaguement des corps étendus dans des positions étranges : épaules arquées, genoux pliés, têtes rejetées en arrière avec un menton qui pointait en l'air. Ici et là un œil sombre et éteint se posait sur le nouveau venu. Sur l'ombre noire se détachaient de petits cercles rouges dont la lueur était, tantôt brillante tantôt faible, selon que le poison brûlant croissait ou décroissait dans les fourneaux des pipes. La plupart des opiomanes étaient muets ; quelques-uns parlaient tout seuls ; d'autres conversaient d'une voix bizarre, basse, monotone : leurs paroles jaillissaient par saccades, coupées soudain par des silences ; chacun alors s'enfermait dans ses pensées, et nul ne faisait attention aux mots prononcés par le voisin. Tout au bout il y avait un petit brasero, à côté duquel sur une chaise à trois pieds se tenait un vieil homme grand et mince : son menton reposait sur ses deux poings, ses coudes sur ses genoux, et il contemplait le feu.

Lorsque je fis mon entrée, un Malais au teint jaune se précipita vers moi en me tendant une pipe, de la drogue, et voulut me conduire vers une couchette vide.

« Merci, lui dis-je. Je ne reste pas. Il y a ici un ami à moi et je désire lui parler : M. Isa Whitney. »

Il y eut sur ma droite des gestes et une

exclamation ; essayant de percer le brouillard obscur, j'aperçus Whitney, blanc comme un linge, hagard, hirsute, qui me regardait.

« Mon Dieu, mais c'est Watson ! » s'écria-t-il.

Il était en pleine réaction, avec chaque nerf à fleur de peau, pitoyable.

« Dites, Watson, quelle heure est-il ?

— Près de onze heures.

— De quel jour ?

— De vendredi 19 juin.

— Bon Dieu ! Je croyais que nous étions mercredi... Évidemment *c'est* aujourd'hui mercredi ! Pourquoi diable effrayer un ami, Watson ? »

Il enfouit sa figure dans ses bras, et il se mit à sangloter au diapason d'un soprano léger.

« Je vous dis que nous sommes vendredi, mon vieux ! Votre femme vous attend depuis deux jours. Vous devriez avoir honte !

— J'ai honte, oui. Mais vous confondez tout, Watson. Car je ne suis ici que depuis quelques heures : trois pipes, quatre pipes, j'ai oublié le nombre... Allons, je vais rentrer avec vous. Je ne voudrais pas faire de peine à Kate : pauvre petite Kate ! Tenez ma main. Avez-vous un fiacre ?

— Oui. Dehors. Il nous attend.

— Alors j'y vais. Mais je dois quelque chose ici. Trouvez ce que je dois, Watson ! Je ne suis pas dans mon assiette : je suis incapable de rien faire tout seul. »

Je descendis par l'étroit passage que laissait la double rangée de couchettes, en retenant ma respiration pour ne pas m'intoxiquer tant la fumée était épaisse, et je cherchai le patron. Au moment où je passais près de l'homme long et mince qui était assis près du brasero, je me sentis tiré par la manche et une voix basse me murmura :

« Dépassez-moi, puis regardez derrière vous. »

Les mots tombèrent distinctement dans mes oreilles. Je jetai un coup d'œil autour de moi : ils ne pouvaient avoir été prononcés que par le vieil homme, et cependant il avait l'air parfaitement absorbé ; il était très maigre, tout ridé, courbé par l'âge ; une pipe d'opium pendait entre ses genoux, comme s'il l'avait laissée échapper de ses doigts las. Je fis deux pas en avant, et je me retournai. Il me fallut une extraordinaire volonté pour ne pas crier de surprise : l'homme s'était tourné pour que personne ne pût l'apercevoir, et sa silhouette s'était étoffée, ses rides avaient disparu, ses yeux éteints avaient retrouvé leur éclat ; assis près du brasero, grimaçant devant ma stupéfaction, Sherlock Holmes me regardait. Il me fit signe d'approcher et, comme il se retournait vers la salle, il recouvra instantanément sa sénilité dodelinante et abrutie.

« Holmes ! chuchotai-je. Que diable faites-vous dans cette caverne ?

— Parlez aussi bas que possible, répondit-il. J'ai des oreilles très fines. Si vous aviez la bonté de vous débarrasser de cet abruti, je serais enchanté d'avoir avec vous une petite conversation.

— J'ai un fiacre à la porte.

— Alors par pitié renvoyez votre ami chez lui. N'ayez aucune inquiétude à son sujet : il est trop flasque pour risquer un accident. Remettez donc au cocher un petit mot pour votre femme : dites-lui que je vous ai accaparé, et qu'elle n'a rien à redouter. Si vous m'attendez dehors, je vous retrouverai dans cinq minutes. »

Il était difficile de refuser quelque chose à Holmes, car il formulait ses demandes avec une précision extrême tout en les entourant de mystère. Par ailleurs, lorsque Whitney serait hissé dans le fiacre, ma mission se trouverait achevée. Enfin je ne pouvais souhaiter rien de mieux que de me trouver mêlé une fois de plus à l'une des singulières aventures dont la somme constituait l'existence normale de mon ami. En quelques minutes donc, j'eus tôt fait de payer la note de Whitney, de rédiger un petit mot pour ma femme et de conduire au fiacre « cet abruti ». Au bout d'un temps très court, un visage décrépit émergea de la taverne et je descendis la rue avec Sherlock Holmes. Il clopina avec son dos voûté puis, ayant observé si personne ne le voyait, il se redressa d'un coup et éclata de rire.

« Je parie, Watson, dit-il, que vous imaginez que j'ajoute les fumées de l'opium aux injections de cocaïne et à toutes les autres petites faiblesses dont vous m'accablez.

— J'étais ahuri de vous trouver là, cela oui !

— Et moi, quand je vous ai vu ?

— J'étais venu chercher un ami.

— Et moi un ennemi.

— Un ennemi ?

— Oui : l'un de mes ennemis naturels ; ou plutôt, devrais-je dire, l'une de mes proies naturelles. En bref, Watson, je suis plongé dans une enquête passionnante, et j'espérais découvrir une piste en écoutant les bavardages incohérents de ces idiots : si j'avais été reconnu, je n'aurais pas donné cher de ma vie, car je suis déjà venu autrefois dans un dessein bien précis et assez particulier ; l'immonde truand qui en est le patron a juré de se venger. Sur l'arrière de la maison, il y a une sorte de trappe, près de l'angle du quai Saint-Paul. D'étranges objets pendant les nuits sans lune sont passés par là, soyez-en sûr !

— Comment ! D'étranges objets ? Vous ne voulez pas dire...

— Des corps ? eh si, Watson ! Nous serions bien riches vous et moi si nous avions reçu mille livres pour chaque pauvre diable qui a trouvé la mort dans cette caverne. Sur tout le bord de ce fleuve, c'est la machine à crimes la plus abominable. Et je crains fort que Neville St. Clair ne s'y soit laissé engrener. Mais notre machine à nous doit être ici... »

Il plaça entre ses dents ses deux index et siffla. À ce signal répondit un autre, analogue, auquel succédèrent bientôt le roulement d'une voiture et un cliquetis de sabots.

« Dites, Watson ! interrogea Holmes tandis qu'une grande charrette anglaise surgissait de l'obscurité avec ses deux lanternes latérales, vous venez avec moi, n'est-ce pas ?

— Si je puis vous être utile...

— Oh ! un camarade à qui se fier est toujours utile ! Surtout si cet ami se double d'un chroniqueur. Ma chambre aux Cèdres est une chambre à deux lits.

— Les Cèdres ?

— Oui. C'est la demeure de M. St. Clair. J'y habite tant que dure mon enquête.

— Où est-ce ?

— Près de Lee, dans le Kent. À une douzaine de kilomètres d'ici.

— Mais je ne comprends rien à tout cela, moi !

— Bien sûr, vous ne comprenez rien encore ! Mais bientôt vous saurez tout. Montez ! Parfait, John : nous n'avons plus besoin de vous. Voici une demi-couronne. Venez me chercher demain vers onze heures. Lâchez la bride. À bientôt ! »

Il fouetta le cheval, et nous trottâmes à travers un quartier interminable ; les rues étaient sombres et désertes ; tout de même elles s'élargirent graduellement et nous aboutîmes à un grand pont à parapet sous lequel mugissait sourdement le fleuve. Au-delà s'étendait un autre paysage de briques et de mortier, où le silence n'était rompu que par le pas lourd et régulier des policiers, ou les cris et les chants de bambocheurs attardés. Des nuages sombres dérivaient majestueusement dans le ciel ; une étoile ou deux apparaissaient furtivement, puis se dissimulaient... Holmes conduisait en silence ;

sa tête reposait sur sa poitrine ; il avait l'air d'un homme perdu dans ses réflexions. Je me demandais de quel ordre pouvait être une enquête qui semblait tellement l'absorber, mais je n'osais pas le déranger par mes questions.

Nous avions franchi plusieurs kilomètres et nous avions atteint la ceinture des villas qui bordent la banlieue : alors Holmes se secoua, haussa les épaules, et alluma sa pipe ; cette fois il avait tout à fait l'air d'un homme content de lui, et sûr d'avoir agi pour le mieux.

« Vous possédez à un degré magnifique le don du silence ! me dit-il. Ce qui vous rend un compagnon incomparable. Je vous assure que c'est énorme, pour moi, d'avoir quelqu'un à qui parler librement, car mes propres pensées ne sont pas très agréables. Je cherchais, figurez-vous, quoi dire à une chère petite femme quand nous la rencontrerons sur le seuil de sa maison.

— Vous oubliez, Holmes, que je ne sais rien de l'affaire !

— J'aurai juste le temps de vous conter

les faits avant que nous arrivions à Lee. Tout semble absurdement simple et pourtant je ne saisis rien de palpable. Il y a beaucoup de fils, comprenez-vous ? mais je n'en tiens pas le bout dans ma main. Maintenant je vais faire le point, Watson, le plus clairement et le plus précisément possible ; peut-être verrez-vous poindre l'étincelle qui illuminerait l'obscurité où je me débats.

— Allez-y, Holmes !

— Il y a quelques années, exactement en mai 1884, vint s'établir à Lee un gentleman apparemment nanti de beaucoup d'argent et qui s'appelait Neville St. Clair. Il choisit une villa spacieuse, disposa joliment les terrains tout autour, et vécut en général avec bon goût. Il se fit des amis dans le voisinage ; en 1887, il épousa la fille d'un brasseur de l'endroit ; de cette union naquirent deux enfants. Il n'avait pas d'occupation, mais il possédait des intérêts dans plusieurs sociétés : tous les matins il se rendait en ville d'où il rentrait par le train de cinq heures quatorze. M. St. Clair est âgé aujourd'hui de trente-sept ans ; c'est un homme habituellement sobre, un bon mari, un père affectueux : sympathique et même populaire auprès de tous ceux qui l'approchent. Je suis en mesure d'ajouter, sous réserve de contre-indications ultérieures, que ses dettes s'élèvent au total à quatre-vingt-huit livres et dix shillings, mais que son compte en banque est créditeur de deux cent vingt livres à la *Capital and Counties Bank*. Il n'y a donc pas lieu de penser que des ennuis d'argent ont dérangé son esprit !

» Lundi dernier M. Neville St. Clair partit pour la ville plus tôt que de coutume ; avant de sortir il déclara qu'il avait deux courses importantes à faire et qu'il rapporterait à son petit garçon une boîte de constructions. Par hasard, très peu de temps après son départ, sa femme reçut un télégramme lui annonçant qu'un petit colis de valeur, qu'elle attendait, était à sa disposition aux bureaux de l'*Aberdeen Shipping Company*. Si vous connaissez bien votre Londres, vous savez que les bureaux de cette société ont leur siège dans Fresno Street, qui débouche dans Upper Swandam Lane, où vous m'avez rencontré cette nuit. Mme St. Clair déjeuna avant de partir pour la City, fit quelques emplettes, se rendit aux bureaux de la société, prit son paquet, si bien qu'à quatre heures trente-cinq exactement elle marchait dans Swandam Lane en direction de la gare pour rentrer chez elle. M'avez-vous bien suivi jusque-là ?

— Parfaitement.

— Si vous vous en souvenez, il faisait terriblement chaud lundi ; aussi Mme St. Clair ne se pressait point. Elle regardait de temps à autre si elle n'apercevait pas un fiacre, car le quartier ne lui plaisait guère. En descendant Swandam Lane, elle entendit une sorte d'exclamation ou de cri ; elle se retourna et, ô stupeur ! elle crut reconnaître derrière une fenêtre du deuxième étage son mari qui la regardait et l'appelait par gestes. La fenêtre était ouverte ; elle vit donc distinctement le visage familier mais bouleversé par une agitation extrême. Il agita frénétiquement ses mains vers elle, puis il disparut de la fenêtre comme s'il avait été happé par le dos. Détail particulier, qui frappa son œil féminin : bien qu'il portât le costume sombre avec lequel il était sorti le matin, il était sans col ni cravate.

» Convaincue qu'il lui était arrivé quelque chose, elle dégringola les marches, car cette maison n'était rien d'autre que la caverne de brigands où nous nous sommes si curieusement retrouvés tout à l'heure ; elle traversa la pièce du devant pour monter l'escalier qui conduit aux étages. Mais au bas des marches, elle se heurta au coquin de patron dont je vous ai parlé : il la prit par les épaules, et, aidé d'un Danois qui lui sert de second, la chassa dans la rue. Folle d'une terreur et de tous les soupçons que vous imaginez, elle quitta Swandam Lane et eut la bonne fortune de tomber, dans Fresno Street, sur une escouade de policiers qui faisaient leur ronde. Un inspecteur et deux agents l'escortèrent dans la caverne ; en dépit des protestations et de la résistance du patron, ils montèrent dans la pièce où M. St. Clair avait été vu. Il n'y avait plus trace de lui. En fait, dans tout l'étage, on ne trouva personne ; sauf un misérable infirme, à la figure hideuse, qui semblait habiter là. Lui et le patron jurèrent leurs grands dieux que de tout l'après-midi il n'y avait eu personne d'autre. Leurs dénégations étaient si fermes et paraissaient si sincères que l'inspecteur en fut ébranlé ; il commença à se demander si Mme St. Clair n'avait pas été le jouet d'une illusion lorsqu'elle bondit en poussant un cri : une petite boîte en bois était posée sur la table, elle en arracha le couvercle : une cascade de morceaux de bois tombèrent sur le plancher ; c'était le jeu de constructions qu'il avait promis de rapporter à son petit garçon.

» Cette découverte, et le trouble évident que ne put réprimer l'infirme, suffirent pour que l'inspecteur comprît que l'affaire était sérieuse. Les pièces furent l'une après l'autre fouillées de fond en comble ; le résultat de ces investigations permit de supposer qu'un crime abominable avait été commis. La pièce du devant était meublée comme un salon ; elle conduisait à une petite chambre à coucher, qui donnait sur l'arrière de l'un des wharfs. Entre le wharf et la fenêtre de la chambre s'étend une petite langue de terrain, sèche à marée basse, mais qui à marée haute est recouverte par au moins un mètre quarante d'eau. La fenêtre de la chambre était large et s'ouvrait de bas en haut. Son examen révéla des traces de sang sur le rebord ; quelques gouttes furent même repérées sur le plancher de la chambre. Et, jetées derrière un rideau de la pièce du devant gisaient les affaires de M. Neville St. Clair, à l'exception toutefois de son costume ; il y avait ses souliers, ses chaussettes, son chapeau et sa montre. Sur aucun de ces objets il ne fut possible de déceler la moindre trace de violences, mais M. Neville St. Clair avait disparu : sans doute par la fenêtre puisqu'il n'y avait pas d'autre issue ; les taches de sang semblent interdire l'espoir qu'il a pu se sauver à la nage : en effet la marée était à son maximum au moment de la tragédie.

» Venons-en maintenant aux bandits qui semblent être directement impliqués dans l'affaire. Le patron est connu pour ses détestables antécédents. Mais Mme St. Clair ayant déclaré qu'il se trouvait au bas de l'escalier quelques secondes après la dernière apparition de M. St. Clair à la fenêtre, il ne pouvait être considéré au pis, en l'occurrence, que comme un complice du crime. Il se défendit en arguant de son ignorance absolue des faits et gestes de son locataire, Hugh Boone, et en protestant qu'il ne pouvait être rendu responsable de la présence des affaires d'un gentleman qui avait disparu.

» Voilà pour le patron. Passons maintenant au sinistre infirme qui habite le deuxième étage de cette taverne. Il est certainement le dernier être humain à avoir vu vivant Neville St. Clair. Il s'appelle Hugh Boone. Son hideux visage est connu de tous ceux qui fréquentent la City. C'est un mendiant professionnel ; mais pour ne pas contrevenir aux règlements de la police, il prétend se livrer à un petit commerce d'allumettes-bougies. Quand vous descendez Threadneedle Street à main gauche, vous trouvez au début un petit renfoncement : là se tient quotidiennement assise cette créature du diable, jambes croisées, avec une minuscule provision d'allumettes sur le ventre ; il est si pitoyable qu'une pluie de petite monnaie tombe dans la casquette crasseuse qu'il pose précautionneusement sur le trottoir devant lui. J'avais observé ce type bien des fois, hors de tout souci professionnel, et j'avais été surpris de la moisson qu'il récoltait en peu de temps dans sa casquette. Son aspect lui interdit de passer inaperçu : une tignasse orange, une figure blême traversée par une cicatrice horrible qui, dans sa contraction des chairs, relève en le tordant le bord extérieur de la lèvre supérieure, un menton de bouledogue, et une paire d'yeux noirs très pénétrants qui contrastent violemment avec les cheveux orange... Tout cela le distingue de la masse informe et banale des indigents ; et aussi la vivacité de son esprit ; il a en effet la réplique toujours prompte à n'importe quelle raillerie des passants. Tel est l'homme dont nous savons à présent qu'il est le locataire de la taverne, et le dernier à avoir vu le gentleman que nous recherchons.

— Mais un infirme ! m'écriai-je. Que pouvait-il tenter tout seul contre un homme dans la force de l'âge ?

— C'est un infirme en ce sens qu'il boitille. Mais par ailleurs, il donne l'impression d'être très musclé et bien en chair. Votre expérience médicale, Watson, vous dirait sûrement qu'une faiblesse dans un membre est souvent compensée par une force exceptionnelle dans les autres.

— Continuez, continuez...

— Mme St. Clair s'était évanouie à la vue du sang sur le rebord de la fenêtre ; la police la ramena chez elle, car sa présence n'était plus d'aucune utilité pour la marche de l'enquête. L'inspecteur Barton, qui a pris l'affaire en main, s'est livré à une inspection minutieuse des locaux, mais il n'a rien trouvé qui pût apporter un commencement de preuve. Une faute a été commise : Boone n'a pas été arrêté immédiatement ; pendant quelques minutes, il a pu s'entendre avec son ami le patron ; cette faute a été brève : il a été arrêté, fouillé, interrogé ; mais en vain : on manque d'éléments pour l'inculper. Sur sa manche droite, c'est vrai, on a relevé quelques traces de sang ; mais il a montré son annulaire, entaillé près de l'ongle, et il a prétendu que le sang venait de cette blessure. Il a affirmé qu'il s'était mis à la fenêtre quelques instants auparavant, et que le sang qu'on y avait remarqué provenait de la même origine. Il a obstinément nié avoir connu M. Neville St. Clair et il a juré que la présence de ses affaires dans sa chambre lui était aussi incompréhensible qu'à la police. Quant à la déclaration de Mme St. Clair, qui aurait vu son mari à la fenêtre de la pièce du devant, il la qualifia de rêverie et d'aberration. En dépit de ses protestations véhémentes, il a été conduit au poste de police, tandis que l'inspecteur demeurait sur les lieux dans l'espoir que la marée descendante révélerait un indice nouveau.

» En fait, il y en eut un ; on aperçut dans la vase, juste sous la fenêtre, le costume de Neville St. Clair, mais pas Neville St. Clair ; le reflux le mit à découvert. Maintenant, que pensez-vous que l'on trouva dans ses poches ?

— Je ne sais pas...

— Oh ! je ne pense pas que vous puissiez deviner ! Chaque poche était bourrée de petites pièces de monnaie : quatre cent vingt et une d'un penny, soixante-dix d'un demi penny. Rien d'étonnant, donc, à ce que la marée n'ait pu le déplacer ! Pour le corps, c'est autre chose. Entre le wharf et la maison, il y a un remous violent. Vraisemblablement le costume alourdi est resté au fond, tandis que le corps, tout nu, a été emporté par le fleuve.

— Mais, puisque toutes les autres affaires ont été trouvées dans la chambre ? Le corps aurait donc été habillé simplement d'un costume ?

— Ici, monsieur, intervient la spéculation. Supposons que ce Boone a jeté par la fenêtre Neville St. Clair et que personne ne l'a vu. Que va-t-il faire ensuite ? se débarrasser au plus vite des vêtements révélateurs. Il a dû empoigner le costume, mais au moment de le lancer dehors, il a réfléchi qu'il pouvait flotter et non s'enfoncer. Or, il avait peu de temps à lui, car il avait entendu en bas la femme qui essayait de monter l'escalier, et peut-être avait-il été averti par son copain le patron que la police allait survenir. N'ayant pas un instant à perdre, il se précipita vers la cachette où il doit accumuler les recettes de sa mendicité, et il bourra les poches de petite monnaie, de façon à ce que le costume disparût au fond. Il le jeta par la fenêtre, et il aurait fait la même chose avec le reste des affaires de Neville St. Clair s'il n'avait pas entendu la ruée des policiers dans l'escalier : il eut juste assez de temps pour fermer la fenêtre, avant que la police fasse irruption chez lui.

— Tout cela apparaît plausible, évidemment.

— Prenons-le pour une hypothèse de travail à défaut de mieux. Boone, comme je vous l'ai dit, a été arrêté et conduit au poste de police ; néanmoins, rien de positif n'a été relevé contre lui. Depuis des années, il est classé comme mendiant professionnel, mais à première vue sa vie n'a rien comporté d'inquiétant ni de criminel. Voilà où en sont les choses. Reste à savoir ce que Neville St. Clair faisait dans cet antre d'opiomanes, ce qui lui arriva quand il y était, ce qu'il est devenu, ce que Hugh Boone a à voir dans sa disparition. Autant de questions auxquelles je n'entrevois pas l'ombre d'une solution pour l'instant. J'avoue qu'au cours de ma carrière, je n'ai jamais vu une affaire aussi simple en apparence, et qui cependant présente autant de difficultés. »

Pendant que Sherlock Holmes détaillait cette singulière série d'événements, nous avions roulé. La grande ville était loin à présent, nous nous trouvions en pleine campagne, entre des haies. Quand il eut terminé, nous aperçûmes les lumières de deux villages.

« Nous voici près de Lee, dit mon compagnon. Dans cette courte promenade, nous avons touché à trois comtés anglais : nous sommes partis du Middlesex, nous avons coupé un angle du Surrey, et nous terminons par le Kent. Voyez-vous cette lueur parmi les arbres ? Ce sont Les Cèdres. À côté de cette lampe se tient une femme dont les oreilles anxieuses ont déjà perçu le bruit des sabots de notre cheval.

— Mais pourquoi ne menez-vous pas l'affaire de Baker Street ?

— Parce qu'il y a toutes sortes d'enquêtes à faire par ici. Mme St. Clair a le plus gentiment du monde mis deux lits à ma disposition : vous pouvez être assuré qu'elle accueillera de son mieux mon collègue et ami. Je redoute de la rencontrer, Watson, car je n'ai pas de nouvelles à lui donner. Nous sommes arrivés. Ho, là, ho ! »

Nous étions arrêtés devant la façade d'une grande villa. Un valet d'écurie se précipita à la tête du cheval ; je sautai à bas et suivis Holmes, qui gravissait l'allée de gravier montant en lacets vers la maison. À notre approche, la porte s'ouvrit, et une petite femme blonde se posta sur le seuil ; elle avait une robe en légère mousseline de soie, avec au cou et aux poignets des parements roses. Elle se découpait nettement dans la lumière : elle avait une main sur la porte, l'autre à demi levée en signe d'impatience ; son corps était à demi penché ; tout son visage exprimait une interrogation avide : « Eh bien ? cria-t-elle. Eh bien ? »

Quand elle distingua nos deux silhouettes, elle poussa un cri d'espoir qui se mua en gémissement devant la dénégation et le haussement d'épaules de mon ami.

« Pas de bonnes nouvelles ?

— Non.

— Pas de mauvaises ?

— Non plus.

— Dieu merci ! Mais entrez. Vous devez être fatigué, car votre journée a été longue !

— Je vous présente mon ami, le docteur Watson. Il m'a été d'une utilité vitale dans plusieurs affaires ; j'ai eu la chance de le rencontrer et je me le suis adjoint pour cette enquête.

— Je suis très heureuse de vous connaître, fit-elle en me serrant chaleureusement la main. Vous voudrez bien m'excuser, j'en suis sûre, si tout n'est pas parfait dans votre séjour ici, mais avec le coup terrible qui nous a frappés...

— Chère madame, lui dis-je, je suis un vieux soldat ! Mais si je ne l'étais pas, je n'en trouverais pas moins vos excuses inutiles. Si je puis vous être de quelque secours, soit à vous, soit à mon ami ici présent, j'en serai ravi.

— Maintenant, monsieur Sherlock Holmes, dit la dame en nous conduisant dans une salle à manger très éclairée où un souper froid était servi, j'aimerais bien vous poser une ou deux questions fort claires, auxquelles je vous serais reconnaissante de répondre avec la même clarté.

— Certainement, madame.

— N'ayez aucune inquiétude quant à mes réactions. Je n'ai rien d'une hystérique, et je ne m'évanouis pas facilement. Je voudrais simplement connaître votre opinion, votre opinion réelle.

— Sur quel point ?

— Au fond de votre cœur, croyez-vous que Neville soit encore en vie ? »

Sherlock Holmes parut embarrassé par la question.

« Soyez franc ! » ordonna-t-elle.

Elle se tenait bien droite ; quand il s'assit sur une chaise, elle plongea ses yeux dans les siens.

« Franchement, madame ? Alors, je ne crois pas.

— Vous croyez qu'il est mort ?

— Je le crois.

— Assassiné ?

— Je n'ai pas employé ce terme. Peut-être l'a-t-il été.

— Et quel jour est-il mort ?

— Lundi.

— Alors, monsieur Holmes, peut-être serez-vous assez aimable pour m'expliquer comment il se fait que j'aie reçu une lettre de lui aujourd'hui ? »

Sherlock Holmes bondit de son fauteuil comme s'il avait reçu une décharge électrique.

« Quoi ? rugit-il.

— Oui, aujourd'hui. »

Elle souriait ; elle lui tendit dans sa main une petite feuille de papier.

« Puis-je lire ?

— Certainement. »

Il la lui arracha presque des mains, dans son impatience. L'étalant sur la table, il approcha une lampe et il l'examina avec une attention intense. J'avais abandonné ma chaise, et je regardais aussi par-dessus son épaule. L'enveloppe était de très mauvaise qualité ; elle portait le timbre de la poste de Gravesend, avec la date d'aujourd'hui, ou plutôt d'hier, car minuit était déjà passé.

« L'écriture de l'adresse est bien vulgaire ! murmura Holmes. Ce n'est sûrement pas celle de votre mari, madame.

— Non ! mais celle de la lettre, oui.

— Je vois aussi que la personne qui a expédié la lettre a dû se renseigner pour avoir l'adresse.

— Comment le voyez-vous ?

— Regardez : le nom est écrit d'une encre parfaitement noire, qui s'est séchée toute seule. Mais le reste de l'adresse est d'une teinte grisâtre : un buvard a donc été utilisé. Si tout avait été écrit en même temps, et séché d'un coup de buvard, il n'y aurait rien eu de plus foncé. L'expéditeur a écrit le nom, puis il s'est écoulé un moment avant que l'adresse n'ait été écrite à son tour : ce qui tend à prouver qu'elle ne lui était pas familière. Il s'agit, bien entendu, d'un tout petit détail, mais les tout petits détails sont très importants. À présent, voyons la lettre. Ah ! elle contenait quelque chose !

— Oui, elle contenait une bague ; sa chevalière.

— Et vous êtes sûre que la lettre est de la main de votre mari ?

— De sa main. Il était très pressé. Cette écriture ne ressemble guère à son écriture habituelle, et pourtant, je la reconnais. »

Chérie, ne t'inquiète pas. Tout ira bien. Il y a une erreur colossale, et il faudra quelque temps pour la corriger. Attends patiemment.

Neville

« Écrite au crayon sur la page de garde d'un livre, format octavo, sans filigrane. Postée aujourd'hui à Gravesend par un homme au pouce sale. Ah ! Et l'enveloppe a été collée, si je ne me trompe, par un amateur de tabac à mâcher. Vous n'avez aucun doute, n'est-ce pas, madame ? C'est bien l'écriture de votre mari ?

— Je n'ai aucun doute. Je suis sûre que c'est Neville qui a écrit ce mot.

— Et il a été posté aujourd'hui à Gravesend. Bien ! Madame St. Clair, votre ciel s'éclaire. Mais je ne prétends pas pour cela que tout risque soit écarté.

— Mais il doit être vivant, monsieur Holmes !

— À moins que nous ne nous trouvions en présence d'un faux habile destiné à nous lancer sur une mauvaise piste. La chevalière ne prouve rien : on a pu la lui prendre.

— Non, non ! C'est, c'est sa propre écriture !

— Bon. Cependant, elle a pu être écrite lundi par votre mari et postée seulement aujourd'hui.

— C'est possible.

— Dans ce cas, beaucoup de choses ont pu se produire entre lundi et jeudi.

— Oh ! vous ne devriez pas me décourager, monsieur Holmes ! Je suis certaine qu'il est sain et sauf. Nous étions si attachés l'un à l'autre que je saurais si un malheur lui était arrivé. Pensez donc ! le jour même où je l'ai vu pour la dernière fois, il s'est coupé dans la chambre ; et moi, qui étais dans la salle à manger, je me suis précipitée en haut : j'étais sûre qu'il s'était fait mal ! Croyez-vous que j'aurais été sensible pour une si petite chose et que je ne sentirais pas sa mort ?

— J'ai trop d'expérience pour ne pas savoir que l'intuition d'une femme peut s'avérer beaucoup plus valable que les conclusions d'un raisonneur qui procède par analyse... Et cette lettre constitue évidemment une confirmation de vos sentiments. Mais si votre mari est en vie et capable d'écrire des lettres, pourquoi ne reprend-il pas sa place dans votre foyer ?

— Je ne peux pas imaginer pourquoi. C'est incroyable.

— Et lundi, il ne vous a rien dit de particulier en vous quittant ?

— Non.

— Et vous avez été stupéfaite de l'apercevoir dans Swandam Lane ?

— Stupéfaite, oui !

— La fenêtre était-elle ouverte ?

— Oui.

— Donc, il aurait pu vous appeler ?

— Oui.

— Si j'ai bien compris, il n'a poussé qu'un cri inarticulé ?

— Oui.

— Un appel au secours, vous avez cru ?

— Oui. Il faisait des signes avec ses mains.

— Mais son cri aurait pu être provoqué par la surprise. L'étonnement qu'il a éprouvé à vous voir aurait pu lui faire lever les mains en l'air.

— C'est possible.

— Et vous avez cru qu'il avait été happé par-derrière ?

— Il a disparu si subitement !

— Il a pu reculer d'un bond. Vous n'avez vu personne d'autre dans la pièce ?

— Non, mais ce monstre a avoué qu'il y était, et le patron était au bas de l'escalier.

— Exact ! Votre mari, pour autant que vous avez pu l'observer, portait ses vêtements habituels ?

— Sauf son col et sa cravate. J'ai vu distinctement son cou.

— Vous avait-il déjà parlé de Swandam Lane ?

— Jamais.

— Vous avait-il parfois donné l'impression qu'il prenait de l'opium ?

— Jamais !

— Merci, madame St. Clair. C'étaient les points principaux sur lesquels je désirais être éclairé avec précision. Nous allons maintenant manger quelque chose, puis nous reposer, car il se peut que nous ayons demain une très rude journée. »

Une chambre à deux lits, spacieuse et confortable, avait été mise à notre disposition. Je ne fus pas long à me glisser dans les draps, car ma nuit d'aventures m'avait fatigué. Sherlock Holmes, lui, quand il avait un problème à résoudre, pouvait demeurer des jours entiers, et même une semaine sans se reposer : il tournait et retournait les faits dans sa tête, les examinait sous tous les angles jusqu'à ce qu'il eût bien approfondi le mystère, à moins qu'il ne trouvât insuffisants les renseignements. En tout cas, il me parut disposé, cette nuit-là, à ne pas se coucher. Il retira sa veste et son gilet, enfila une longue robe de chambre bleue, puis se mit en mesure de construire avec les oreillers de son lit et les coussins du canapé une sorte de divan oriental, au sommet duquel il se percha, jambes repliées ; il n'avait pas oublié de placer devant lui un paquet de tabac fort et une boîte d'allumettes. À la faible lumière de la lampe, je le vis assis là-haut, une vieille pipe de bruyère entre les dents, contemplant d'un regard vide un coin du plafond ; la fumée bleue dessinait ses orbes paisibles ; il était aussi immobile que silencieux ; ses traits aquilins, bien accusés, se dessinaient sur le mur dans une ombre gigantesque. Ce fut sur ce tableau que je sombrai dans le sommeil. Et quand un vague grognement me réveilla, le même spectacle s'offrit à mes yeux : le soleil de l'été brillait, la pipe tenait toujours entre les dents de Sherlock Holmes, la fumée continuait de dessiner ses orbes régulières, la chambre était remplie d'un épais brouillard de tabac, et le paquet était vide.

« Réveillé, Watson ? demanda-t-il.

— Oui.

— En forme pour une promenade matinale en voiture ?

— Certainement.

— Alors, habillez-vous. Personne n'est encore debout, mais je sais où dort le valet d'écurie, et nous serons bientôt dehors : en voiture, Watson ! »

Il gloussait littéralement en parlant. Ses yeux étincelaient. Il ne ressemblait plus du tout au sombre penseur de la veille.

Je regardai l'heure. Rien d'étonnant à ce que personne ne fût debout ; il était quatre heures vingt-cinq ! Je finissais de m'habiller quand Holmes revint avec la nouvelle que le valet d'écurie attelait le cheval.

« Je vais mettre à l'épreuve une de mes petites théories, dit-il en laçant ses souliers. Je crois, Watson, que vous avez pour ami l'un des fous les plus authentiques d'Europe. Mais je crois aussi que je détiens la clef de l'énigme, à présent.

— Et où se trouvait-elle ? demandai-je en souriant.

— Dans la salle de bains, répondit-il. Non, non, je ne plaisante pas ! poursuivit-il devant mon regard incrédule. Je viens d'y aller, je l'ai trouvée, et je l'ai enfermée dans cette serviette. Venez, mon cher, nous allons voir si elle rentre bien dans la serrure. »

Nous descendîmes rapidement et le soleil du matin nous accueillit. Sur la route, nous attendaient le cheval et la charrette anglaise, sous la garde du valet d'écurie à peine éveillé. Nous prîmes la route de Londres, déjà encombrée de voitures portant à la grande ville son ravitaillement en fruits et légumes ; mais, de chaque côté de la route, les villas étaient aussi privées de vie qu'une cité de rêve.

« Par certains détails, c'est vraiment une affaire singulière, me dit Holmes en mettant le cheval au galop. Je reconnais que je n'y ai pas vu plus clair qu'une taupe, mais après tout, mieux vaut tard que jamais. »

Dans Londres, les gens qui se levaient tôt

commençaient tout juste à mettre le nez à la fenêtre ; nous traversâmes le pont de Waterloo, fonçâmes dans Wellington Street, tournâmes sur notre droite et nous nous trouvâmes dans Bow Street. Sherlock Holmes était bien connu de la police ; à la porte les deux agents de garde le saluèrent : l'un tint notre cheval par la bride, et l'autre nous introduisit.

« Qui est de service ? demanda Holmes.

— L'inspecteur Bradstreet, monsieur.

— Ah ! Bradstreet ! Comment allez-vous ? »

Un officier de police, grand et fort, descendait par le couloir.

« Je voudrais vous dire un mot, Bradstreet.

— Mais certainement, monsieur Holmes. Passez dans mon bureau, je vous prie. »

C'était un petit bureau, avec un registre sur la table et un appareil téléphonique mural. L'inspecteur s'assit devant le registre.

« Que puis-je pour vous, monsieur Holmes ?

— Je cherche quelque chose à propos de

ce mendiant, Boone, celui qui est impliqué dans la disparition de M. Neville St. Clair, de Lee.

— Oui. Il nous a été amené ici, et il est en détention préventive en attendant la conclusion de l'enquête.

— C'est ce qu'on m'a dit. Vous l'avez ici ?

— En cellule, oui.

— Il est tranquille ?

— Oh ! il ne nous donne pas de mal. Mais c'est un répugnant personnage, ce coquin !

— Répugnant ?

— Oui : tout ce que nous pouvons obtenir de lui est qu'il se lave les mains, mais il a la figure plus noire qu'un charbonnier. Quand son affaire aura été réglée, on lui fera prendre un bon bain en prison ! Si vous voulez le voir, vous conviendrez avec moi qu'il l'aura bien mérité.

— Justement, je voudrais bien le voir.

— Vraiment ? Rien de plus facile ! Passez par là. Vous pouvez laisser ici votre serviette.

— Non. Je préfère la garder avec moi.

— Comme vous voudrez. Par là, s'il vous plaît. »

Nous le suivions ; il ouvrit une porte verrouillée ; nous dégringolâmes un escalier en colimaçon, et nous débouchâmes dans un couloir blanchi à la chaux : de chaque côté s'alignaient les cellules.

« La sienne est la troisième sur notre droite, dit l'inspecteur. Celle-ci ! »

Il releva un panneau de bois sur la partie supérieure de la porte, et jeta un coup d'œil à l'intérieur.

« Il dort, dit-il. Vous pouvez le voir très bien. »

Tous les deux, nous collâmes nos visages contre l'ouverture. Le prisonnier était allongé, le visage tourné vers nous, et il dormait ; son souffle était régulier et lourd. C'était un homme de taille moyenne, grossièrement vêtu comme le voulait son métier, une chemise de couleur dépassait par une déchirure de son pantalon. L'inspecteur avait raison : il était d'une malpropreté répugnante ; mais la crasse qui recouvrait sa figure ne pouvait dissimuler une laideur repoussante. La large zébrure d'une vieille cicatrice courait d'un œil au menton et, en contractant les chairs, elle avait relevé un côté de la lèvre supérieure : trois dents sortaient de la gencive. Une tignasse orange s'enracinait bas sur son front.

« Un Adonis, n'est-ce pas ? ironisa l'inspecteur.

— Il a certainement besoin d'une douche ! dit Holmes. J'avais dans la tête qu'un peu de toilette ne lui ferait pas de mal, et j'ai apporté avec moi les instruments nécessaires. »

Il ouvrit sa serviette et en sortit, à ma grande surprise, une grosse éponge de bain.

« Ah ! ah ! s'esclaffa l'inspecteur. Vous êtes un rigolo, vous !

— Maintenant, si vous voulez avoir l'extrême obligeance d'ouvrir la porte sans faire de bruit, nous lui donnerons une allure beaucoup plus respectable.

— Après tout, je ne vois pas pourquoi je vous refuserais cela ! dit l'inspecteur. Il ne fait pas honneur aux cellules de Bow Street, hein ? »

Il glissa la clef dans la serrure, et nous entrâmes sur la pointe des pieds. Le dormeur se tourna à demi, mais sombra de nouveau dans un lourd sommeil. Holmes prit la cruche d'eau, humecta l'éponge et frotta vigoureusement le visage du prisonnier.

« Permettez-moi de vous présenter, s'écria-t-il, monsieur Neville St. Clair, de Lee, dans le comté de Kent ! »

De ma vie, je n'avais assisté à pareil spectacle. Sous l'éponge, la figure de l'homme avait pelé comme l'écorce d'un tronc d'arbre. Disparue la crasse marron ! Disparue aussi l'horrible cicatrice qui s'étalait en travers ! Disparue, la lèvre tordue qui ornait le visage d'un sourire hideux ! Un coup sec de Holmes arracha la tignasse orange. Alors nous apparut, assis sur le lit, un homme blême, consterné, aux traits délicats, à la peau douce, aux cheveux noirs : il se frottait les yeux et s'examinait avec stupéfaction. Réalisant soudain qu'il était découvert, il poussa un cri de terreur et cacha sa tête dans l'oreiller.

« Grand Dieu ! cria l'inspecteur. C'est bien

l'homme qu'on recherche ! J'ai vu sa photographie. »

Le prisonnier se retourna alors avec l'air désabusé de quelqu'un qui s'abandonne à son mauvais sort.

« Qu'il en soit donc ainsi ! dit-il. S'il vous plaît, quelle charge peut-on relever contre moi ?

— D'avoir fait disparaître M. Neville S... Oh ! allons, vous ne pouvez pas être accusé de cela, à moins que vous ne soyez accusé d'une tentative de suicide ! dit l'inspecteur en ricanant. Eh bien, voilà vingt-sept ans que je suis dans la police ; mais ça, c'est le plus beau coup de ma carrière !

— Si je suis monsieur Neville St. Clair, il est évident qu'aucun crime n'a été commis, et que, par conséquent, je suis illégalement détenu.

— Aucun crime n'a été commis, dit Holmes, seulement une grande erreur. Vous auriez mieux fait de tout dire à votre femme !

— Mais il n'y a pas que ma femme : il y a mes enfants ! gémit le prisonnier. Dieu m'est témoin que je ne voulais pas qu'ils eussent à rougir de leur père. Mon Dieu ! quel scandale ! Que puis-je faire ? »

Sherlock Holmes s'assit à côté de lui sur le lit et posa gentiment sa main sur l'épaule de l'homme effondré.

« Si vous laissez à un tribunal le soin d'éclaircir l'affaire, dit-il, vous serez incapable d'éviter la publicité. Par contre, si vous parvenez à convaincre les autorités de la police qu'il ne peut être retenu contre vous aucune charge, je ne vois pas pour quelle raison les journaux ébruiteraient votre aventure. Je suis certain que l'inspecteur Bradstreet prendra en note tout ce que vous pourriez nous dire et le soumettra à ses propres supérieurs. Dans ce cas, l'affaire ne serait jamais inscrite au rôle d'un tribunal.

— Dieu vous bénisse ! s'écria avec passion le prisonnier. J'aurais supporté la prison et, oui, même l'exécution ! plutôt que de laisser souiller l'honneur de mes enfants !

» Vous êtes les premiers qui connaîtrez toute mon histoire. Mon père était instituteur à Chesterfield, où je reçus une excellente éducation. Dans mon jeune âge, j'ai voyagé, j'ai tâté du théâtre, finalement, je suis devenu journaliste dans un journal du soir de Londres. Un jour, mon rédacteur en chef a réclamé une série d'articles sur la mendicité à Londres. Je me suis proposé pour les rédiger. Là se situe le point de départ de mes aventures. N'était-ce pas en me déguisant en mendiant que je pouvais espérer réussir un bon reportage ? Quand j'avais joué au théâtre, j'avais, bien sûr, appris tous les secrets du maquillage, et j'avais même acquis une certaine notoriété pour ma facilité à me déguiser. J'ai donc maquillé mon visage, et, afin de le rendre le plus pitoyable possible, j'ai simulé une grande cicatrice ; je l'ai fait partir d'un rebord de ma lèvre à l'aide d'un petit emplâtre de papier couleur chair. Puis avec une perruque rouge et un costume approprié, j'ai pris position à l'un des endroits les plus populeux de la City : officiellement comme vendeur d'allumettes, en réalité comme mendiant. Pendant sept heures, je me suis livré à mon petit commerce ; quand je suis rentré chez moi, j'ai découvert, à ma grande surprise, que je n'avais pas reçu moins de vingt-six shillings et quatre pence.

» J'ai écrit mes articles. Je ne pensais plus à cette histoire, je vous assure, lorsque je reçus pour un ami une sommation : il devait vingt-cinq livres, et le billet m'était adressé. Je ne savais quoi faire pour le dépanner, puis une idée s'empara de moi. J'obtins du créancier une remise d'une quinzaine, je pris mes vacances au journal, et je passai mon temps à mendier, déguisé, dans la City. En dix jours, j'avais récolté l'argent, et payé ma dette.

» Imaginez à présent combien il me fut pénible de me remettre à un travail fatigant pour deux livres par semaine, alors que je savais pouvoir gagner ces deux livres par jour rien qu'en me maquillant et en plaçant ma casquette à mes pieds. Un combat s'engagea entre l'argent et mon orgueil : l'argent finalement l'emporta. Je renonçai donc au journalisme, et chaque jour je vins m'asseoir dans un coin que j'avais choisi la première fois ; j'inspirais pitié avec mon visage hideux, et je remplissais mes poches de petite monnaie. Un seul homme connut mon secret : le tenancier d'une taverne où je louais un appartement dans Swandam Lane ; j'en émergeais tous les matins déguisé en mendiant ; le soir, je me rhabillais en gentleman distingué. Cet homme, un truand, était grassement rétribué pour les pièces que j'occupais chez lui : j'étais donc sûr qu'il ne trahirait pas mon secret.

» Au bout d'un certain temps, je m'aperçus que j'étais en train d'amasser des sommes considérables. Je ne veux pas dire par là que n'importe quel mendiant de Londres gagne dans son année sept cents livres, ce qui est en dessous de la moyenne de mes gains. Mais moi, j'avais un avantage considérable : je savais très bien me maquiller. D'autre part l'esprit de repartie ne me faisait pas défaut : à l'usage, il s'améliora encore ; dans la City, je devins un type qui faisait partie du décor. Toute la journée, une pluie de petite monnaie tombait dans ma casquette : quand je ne me faisais pas mes deux livres, c'était une très mauvaise journée.

» M'enrichissant, je pris de l'ambition ; j'achetai une maison dans les environs, puis je me mariai : personne ne soupçonna jamais la nature de mes réelles occupations. Ma chère femme savait que je travaillais dans la City ; pas davantage.

» Lundi dernier, j'avais fini de bonne heure ; j'étais en train de me rhabiller au-dessus de la taverne quand je regardai par la fenêtre. À ma stupéfaction et à mon désespoir, j'aperçus dans la rue ma femme qui me regardait fixement. Je poussai un cri de surprise, enfouis mon visage dans mes mains pour le cacher et me précipitai chez le patron, mon confident, pour lui enjoindre de ne laisser monter personne. J'entendis sa voix en bas, mais j'étais sûr qu'on ne lui permettrait pas de monter. En toute hâte, je retirai mes affaires décentes, repris mon déguisement de mendiant avec ma perruque et mes haillons. Même les yeux d'une femme amoureuse n'auraient pu me reconnaître. Mais je réfléchis soudain qu'on pourrait venir enquêter dans cette chambre et que mon costume me trahirait. J'ouvris la fenêtre, et si violemment qu'une légère coupure que je m'étais faite le matin même chez moi se remit à saigner. Je saisis mon costume ; il était alourdi par toute la menue monnaie que j'avais récoltée dans la journée. Je le lançai au-dehors et il disparut dans la Tamise. Le reste de mes affaires aurait suivi le même chemin si les policiers n'étaient arrivés : quelques minutes plus tard, on m'apprit que j'étais un assassin ; cela me fit moins de chagrin que si on m'avait identifié comme M. Neville St. Clair.

» Je ne crois pas que j'aie autre chose à dire. J'étais résolu à conserver mon déguisement aussi longtemps que possible, d'où mon entêtement à ne pas me laver le visage. Mais je savais que ma femme devait être terriblement inquiète, j'avais retiré ma bague et je l'avais remise au patron avant que je fusse placé sous surveillance. Je lui avais donné également un gribouillis pour l'avertir qu'elle n'avait rien à redouter.

— Cette lettre lui est parvenue seulement hier, dit Holmes.

— Mon Dieu ! Quelle semaine elle a dû passer !

— La police filait le patron, dit l'inspecteur Bradstreet. Aussi, je ne m'étonne pas qu'il ait tant tardé à jeter une lettre à la poste sans être vu. Il l'a sans doute remise à un habitué qui l'a oubliée dans sa poche quelques jours.

— Sûrement ! fit Holmes. Mais n'avez-vous jamais été poursuivi pour mendicité ?

— Plusieurs fois. Mais que m'importait une amende, à moi ?

— Maintenant, en voilà assez ! dit Bradstreet. Si la police étouffe l'affaire, il faudra qu'il n'y ait plus de Hugh Boone.

— Je le jure, par les serments les plus solennels qu'un homme puisse prêter !

— Dans ce cas, je pense que l'affaire pourra être classée. Mais si vous êtes pris en défaut, alors c'est tout qui sortira... Monsieur Holmes, nous vous sommes très reconnaissants de nous avoir donné un fameux coup de main. Mais j'avoue que j'aimerais bien savoir comment vous êtes parvenu à ce résultat.

— Uniquement, répondit Sherlock Holmes, parce que j'ai passé la nuit assis sur cinq oreillers en fumant un paquet entier de tabac. Je vous recommande cette méthode... M'est avis, Watson, que si nous nous faisons conduire à Baker Street, nous arriverons juste à temps pour le petit déjeuner. »

« L'homme à la lèvre tordue »,
in *Les Aventures de Sherlock Holmes*,
de Arthur Conan Doyle,
Collection Bouquins, © Éditions Robert Laffont, S. A., Paris, 1987
Traduit de l'anglais par Bernard Tourville.

Le signe de l'ombre

Maurice Leblanc

Maurice Leblanc (1864-1941), après des débuts littéraires dans la lignée de ses compatriotes normands Flaubert et Maupassant, a créé pour le magazine Je sais tout *un personnage de gentleman-cambrioleur qui connaîtra un énorme succès public : Arsène Lupin. Il est apparu d'abord dans des nouvelles (*Arsène Lupin, gentleman-cambrioleur*), puis dans des romans (*813, L'Aiguille creuse, La Comtesse de Cagliostro*).*

Cambrioleur audacieux se jouant des difficultés et de la police avec panache, brigand au grand cœur et aux multiples identités, séducteur attachant, « malfaiteur de haute lignée », Arsène Lupin est aussi un as du grime et un parfait décrypteur d'énigmes. La nouvelle qui suit en est une brillante démonstration. Elle est extraite du deuxième recueil de nouvelles dédié aux aventures de notre héros : Les Confidences d'Arsène Lupin.

— J'ai reçu votre télégramme, me dit, en entrant chez moi, un monsieur à moustaches grises, vêtu d'une redingote marron, et coiffé d'un chapeau à large bord. Et me voici. Qu'y a-t-il ?

Si je n'avais pas attendu Arsène Lupin, je ne l'aurais certes pas reconnu sous cet aspect de vieux militaire en retraite.

— Qu'y a-t-il ? répliquai-je. Oh ! pas grand-chose, une coïncidence assez bizarre. Et comme il vous plaît de démêler les affaires mystérieuses, au moins autant que de les combiner...

— Et alors ?

— Vous êtes bien pressé !

— Excessivement, si l'affaire en question ne vaut pas la peine que je me dérange. Par conséquent, droit au but.

— Droit au but, allons-y ! Et commencez, je vous prie, par jeter un coup d'œil sur ce petit tableau que j'ai découvert, l'autre semaine, dans un magasin poudreux de la rive gauche, et que j'ai acheté pour son cadre Empire, à double palmette... car la peinture est abominable.

— Abominable, en effet, dit Lupin, au bout d'un instant, mais le sujet lui-même ne manque pas de saveur... ce coin de vieille cour avec sa rotonde à colonnade grecque, son cadran solaire et son bassin, avec son puits délabré au toit Renaissance, avec ses marches et son banc de pierre, tout cela est pittoresque.

— Et authentique, ajoutai-je. La toile, bonne ou mauvaise, n'a jamais été enlevée de son cadre Empire. D'ailleurs, la date est là... Tenez, dans le bas, à gauche, ces chiffres rouges, 15-4-2, qui signifient évidemment 15 avril 1802.

— En effet... en effet... Mais vous parliez d'une coïncidence, et, jusqu'ici, je ne vois pas...

J'allai prendre dans un coin une longue-vue que j'établis sur son trépied et que je braquai vers la fenêtre ouverte d'une petite chambre située en face de mon appartement, de l'autre côté de la rue. Et je priai Lupin de regarder.

Il se pencha. Le soleil, oblique à cette heure, éclairait la chambre où l'on apercevait des meubles d'acajou très simples, un grand lit d'enfant habillé de rideaux en cretonne.

— Ah ! dit Lupin tout à coup, le même tableau !

— Exactement le même ! affirmai-je. Et la date... vous voyez la date en rouge ? 15-4-2.

— Oui, je vois... Et qui demeure dans cette chambre ?

— Une dame... ou plutôt une ouvrière, puisqu'elle est obligée de travailler pour vivre... des travaux de couture qui la nourrissent à peine, elle et son enfant.

— Comment s'appelle-t-elle ?

— Louise d'Ernemont... D'après mes renseignements, elle est l'arrière-petite-fille d'un fermier général qui fut guillotiné sous la Terreur.

— Le même jour qu'André Chénier, acheva Lupin. Cet Ernemont, selon les mémoires du temps, passait pour très riche.

Il releva la tête et me demanda :

— L'histoire est intéressante... Pourquoi avez-vous attendu pour me la raconter ?

— Parce que c'est aujourd'hui le 15 avril.

— Eh bien ?

— Eh bien, depuis hier, je sais — un bavardage de concierge — que le 15 avril occupe une place importante dans la vie de Louise d'Ernemont.

— Pas possible !

— Contrairement à ses habitudes, elle qui travaille tous les jours, qui tient en ordre les deux pièces dont se compose son appartement, qui prépare le déjeuner que sa fille prendra au retour de l'école communale...

le 15 avril, elle sort avec la petite vers dix heures, et ne rentre qu'à la nuit tombante. Cela, depuis des années, et quel que soit le temps. Avouez que c'est étrange, cette date que je trouve sur un vieux tableau analogue, et qui règle la sortie annuelle de la descendante du fermier général Ernemont.

— Étrange... Vous avez raison... prononça Lupin d'une voix lente. Et l'on ne sait pas où elle va ?

— On l'ignore. Elle ne s'est confiée à personne. D'ailleurs elle parle très peu.

— Vous êtes sûr de vos informations ?

— Tout à fait sûr. Et la preuve qu'elles sont exactes, tenez, la voici.

Une porte s'était ouverte en face, livrant passage à une petite fille de sept à huit ans, qui vint se mettre à la fenêtre. Une dame apparut derrière elle, assez grande, encore jolie, l'air doux et mélancolique. Toutes deux étaient prêtes, habillées de vêtements simples, mais qui dénotaient chez la mère un souci d'élégance.

— Vous voyez, murmurai-je, elles vont sortir.

De fait, après un moment, la mère prit l'enfant par la main, et elles quittèrent la chambre.

Lupin saisit son chapeau.

— Venez-vous ?

Une curiosité trop vive me stimulait pour que je fisse la moindre objection. Je descendis avec Lupin.

En arrivant dans la rue, nous aperçûmes ma voisine qui entrait chez un boulanger. Elle acheta deux petits pains qu'elle plaça dans un menu panier que portait sa fille et qui semblait déjà contenir des provisions. Puis elles se dirigèrent du côté des boulevards extérieurs, qu'elles suivirent jusqu'à la place de l'Étoile. L'avenue Kléber les conduisit à l'entrée de Passy.

Lupin marchait silencieusement, avec une préoccupation visible que je me réjouissais d'avoir provoquée. De temps à autre, une phrase me montrait le fil de ses réflexions, et je pouvais constater que l'énigme demeurait entière pour lui comme pour moi.

Louise d'Ernemont cependant avait obliqué sur la gauche par la rue Raynouard, vieille rue paisible où Franklin et Balzac vécurent, et qui, bordée d'anciennes maisons et de jardins discrets, vous donne une impression de province. Au pied du coteau qu'elle domine, la Seine coule, et des ruelles descendent vers le fleuve.

C'est l'une de ces ruelles, étroite, tortueuse, déserte, que prit ma voisine. Il y avait d'abord à droite une maison dont la façade donnait sur la rue Raynouard, puis un mur moisi, d'une hauteur peu commune, soutenu de contreforts, hérissé de tessons de bouteilles.

Vers le milieu, une porte basse en forme d'arcade le trouait, devant laquelle Louise d'Ernemont s'arrêta, et qu'elle ouvrit à l'aide d'une clef qui nous parut énorme. La mère et la fille entrèrent.

— En tout cas, me dit Lupin, elle n'a rien à cacher, car elle ne s'est pas retournée une seule fois...

Il avait à peine achevé cette phrase qu'un bruit de pas retentit derrière nous. C'étaient deux vieux mendiants, un homme et une femme déguenillés, sales, crasseux, couverts de haillons. Ils passèrent sans prêter attention à notre présence. L'homme sortit de sa besace une clef semblable à celle de ma voisine, et l'introduisit dans la serrure. La porte se referma sur eux.

Et tout de suite, au bout de la ruelle, un bruit d'automobile qui s'arrête. Lupin m'entraîna cinquante mètres plus bas, dans un renfoncement qui suffisait à nous dissimuler. Et nous vîmes descendre, un petit chien sous le bras, une jeune femme très élégante, parée de bijoux, les yeux trop noirs, les lèvres trop rouges, et les cheveux trop blonds. Devant la porte, même manœuvre, même clef... La demoiselle au petit chien disparut.

— Ça commence à devenir amusant, ricana Lupin. Quel rapport ces gens-là peuvent-ils avoir les uns avec les autres ?

Successivement débouchèrent deux dames âgées, maigres, assez misérables d'aspect, et qui se ressemblaient comme deux sœurs ; puis un valet de chambre ; puis un caporal d'infanterie ; puis un gros monsieur vêtu d'une jaquette malpropre et rapiécée ; puis une famille d'ouvriers, tous les six pâles, maladifs, l'air de gens qui ne mangent pas à leur faim. Et chacun des nouveaux venus arrivait avec un panier ou un filet rempli de provisions.

— C'est un pique-nique, m'écriai-je.

— De plus en plus étonnant, articula Lupin, et je ne serai tranquille que quand je saurai ce qui se passe derrière ce mur.

L'escalader, c'était impossible. En outre nous vîmes qu'il aboutissait, au bas de la ruelle comme en haut, à deux maisons dont aucune fenêtre ne donnait sur l'enclos.

Nous cherchions vainement un stratagème, quand, tout à coup, la petite porte se rouvrit et livra passage à l'un des enfants de l'ouvrier.

Le gamin monta en courant jusqu'à la rue Raynouard. Quelques minutes après, il rapportait deux bouteilles d'eau, qu'il déposa pour sortir de sa poche la grosse clef.

À ce moment, Lupin m'avait déjà quitté et longeait le mur d'un pas lent comme un promeneur qui flâne. Lorsque l'enfant, après avoir pénétré dans l'enclos, repoussa la porte, il fit un bond et planta la pointe de son couteau dans la gâche de la serrure. Le pêne n'étant pas engagé, un effort suffit pour que le battant s'entrebâillât.

— Nous y sommes, dit Lupin.

Il passa la tête avec précaution, puis, à ma grande surprise, entra franchement. Mais, ayant suivi son exemple, je pus constater que, à dix mètres en arrière du mur, un massif de lauriers élevait comme un rideau qui nous permettait d'avancer sans être vus.

Lupin se posta au milieu du massif. Je m'approchai et, ainsi que lui, j'écartai les branches d'un arbuste. Le spectacle qui s'offrit alors à mes yeux était si imprévu, que je ne pus retenir une exclamation, tandis que, de son côté, Lupin jurait entre ses dents :

— Crebleu ! celle-là est drôle !

Nous avions devant nous, dans l'espace restreint qui s'étendait entre les deux maisons sans fenêtres, le même décor que représentait le vieux tableau acheté par moi chez un brocanteur !

Le même décor ! Au fond, contre un second mur, la même rotonde grecque offrait sa colonnade légère. Au centre, les mêmes bancs de pierre dominaient un cercle de quatre marches qui descendaient vers un bassin aux dalles moisies. Sur la gauche, le même puits dressait son toit de fer ouvragé, et tout près, le même cadran solaire montrait la flèche de son style et sa table de marbre.

Le même décor ! Et ce qui ajoutait à l'étrangeté du spectacle, c'était le souvenir, obsédant pour Lupin et pour moi, de cette date du 15 avril, et c'était l'idée que précisément ce jour-là nous étions le 15 avril, et que seize à dix-huit personnes, si différentes d'âge, de condition et de manières, avaient choisi le 15 avril pour se rassembler en ce coin perdu de Paris.

Toutes, à la minute où nous les vîmes, assises par groupes isolés sur les bancs et les marches, elles mangeaient. Non loin de ma voisine et de sa fille, la famille d'ouvriers et le couple de mendiants fusionnaient, tandis que le valet de chambre, le monsieur à la jaquette malpropre, le caporal d'infanterie et les deux sœurs maigres, réunissaient leurs tranches de jambon, leurs boîtes de sardines et leur fromage de gruyère.

Il était alors une heure et demie. Le mendiant sortit sa pipe ainsi que le gros monsieur. Les hommes se mirent à fumer près de la rotonde et les femmes les rejoignirent. D'ailleurs, tous ces gens avaient l'air de se connaître.

Ils se trouvaient assez loin de nous, de sorte que nous n'entendions pas leurs paroles. Cependant, nous vîmes que la conversation devenait animée. La demoiselle au petit chien surtout, très entourée maintenant, pérorait et faisait de grands gestes qui incitaient le petit chien à des aboiements furieux.

Mais soudain il y eut une exclamation et, aussitôt, des cris de colère, et tous, hommes et femmes, ils s'élancèrent en désordre vers le puits.

Un des gamins de l'ouvrier en surgissait à ce moment, attaché par la ceinture au crochet de fer qui termine la corde, et les trois autres gamins le remontaient en tournant la manivelle.

Plus agile, le caporal se jeta sur lui, et, tout de suite, le valet de chambre et le gros monsieur l'agrippèrent, tandis que les mendiants et les sœurs maigres se battaient avec le ménage ouvrier.

En quelques secondes, il ne restait plus à l'enfant que sa chemise. Maître des vêtements, le valet de chambre se sauva, poursuivi par le caporal qui lui arracha la culotte, laquelle fut reprise au caporal par une des sœurs maigres.

— Ils sont fous ! murmurai-je, absolument ahuri.

— Mais non, mais non, dit Lupin.

— Comment ! vous y comprenez donc quelque chose ?

À la fin, Louise d'Ernemont qui, après le débat, s'était posée en conciliatrice, réussit à apaiser le tumulte. On s'assit de nouveau, mais il y eut une réaction chez tous ces gens exaspérés, et ils demeurèrent immobiles et taciturnes, comme harassés de fatigue.

Et du temps s'écoula. Impatienté, et commençant à souffrir de la faim, j'allai chercher jusqu'à la rue Raynouard quelques provisions, que nous nous partageâmes tout en surveillant les acteurs de la comédie incompréhensible qui se jouait sous nos yeux. Chaque minute semblait les accabler d'une tristesse croissante, et ils prenaient des attitudes découragées, courbaient le dos de plus en plus et s'absorbaient dans leurs méditations.

— Vont-ils coucher là ? prononçai-je avec ennui.

Mais, vers cinq heures, le gros monsieur à la jaquette malpropre tira sa montre. On l'imita, et tous, leur montre à la main, ils parurent attendre avec anxiété un événement qui devait avoir pour eux une importance considérable. L'événement ne se produisit pas, car, au bout de quinze à vingt minutes, le gros monsieur eut un geste de désespoir, se leva et mit son chapeau.

Alors des lamentations retentirent. Les deux sœurs maigres et la femme de l'ouvrier se jetèrent à genoux et firent le signe de la croix. La demoiselle au petit chien et la mendiante s'embrassèrent en sanglotant, et nous surprîmes Louise d'Ernemont qui serrait sa fille contre elle, d'un mouvement triste.

— Allons-nous-en, dit Lupin.

— Vous croyez que la séance est finie ?

— Oui, et nous n'avons que le temps de filer.

Nous partîmes sans encombre. Au haut de la rue Raynouard, Lupin tourna sur sa gauche et, me laissant dehors, entra dans la première maison, celle qui dominait l'enclos.

Après avoir conversé quelques instants avec le concierge, il me rejoignit et nous arrêtâmes une automobile.

— Rue de Turin, 34, dit-il au chauffeur.

Au 34 de cette rue, le rez-de-chaussée était occupé par une étude de notaire et, presque aussitôt, nous fûmes introduits dans le cabinet de Me Valandier, homme d'un certain âge, affable et souriant.

Lupin se présenta sous le nom du capitaine en retraite Janniot. Il voulait se faire bâtir une maison selon ses goûts, et on lui avait parlé d'un terrain sis auprès de la rue Raynouard.

— Mais ce terrain n'est pas à vendre ! s'écria Me Valandier.

— Ah ! on m'avait dit...

— Nullement... nullement...

Le notaire se leva et prit dans une armoire un objet qu'il nous montra. Je fus confondu. C'était le même tableau que j'avais acheté, le même tableau qui se trouvait chez Louise d'Ernemont.

— Il s'agit du terrain que représente cette toile, le d'Ernemont comme on l'appelle ?

— Précisément.

— Eh bien, reprit le notaire, ce clos faisait partie d'un grand jardin que possédait le fermier général d'Ernemont, exécuté sous la Terreur. Tout ce qui pouvait être vendu, les héritiers le vendirent peu à peu. Mais ce dernier morceau est resté et restera dans l'indivision... à moins que...

Le notaire se mit à rire.

— À moins que ? interrogea Lupin.

— Oh ! c'est toute une histoire, assez curieuse d'ailleurs, et dont je m'amuse quelquefois à parcourir le dossier volumineux.

— Est-il indiscret ?...

— Pas du tout, déclara Me Valandier, qui semblait ravi, au contraire, de placer son récit.

Et sans se faire prier, il commença.

— Dès le début de la Révolution, Louis-Agrippa d'Ernemont, sous prétexte de rejoindre sa femme qui vivait à Genève avec leur fille Pauline, ferma son hôtel du faubourg Saint-Germain, congédia ses domestiques, et vint s'installer, ainsi que son fils Charles, dans sa petite maison de Passy où personne ne le connaissait, qu'une vieille servante dévouée. Il y resta caché durant trois ans, et il pouvait espérer que sa retraite ne serait pas découverte lorsqu'un jour, après déjeuner, comme il faisait sa sieste, la vieille servante entra précipitamment dans sa chambre. Elle avait aperçu au bout de la rue une patrouille d'hommes armés qui semblait se diriger vers la maison. Louis d'Ernemont s'apprêta vivement, et, à l'instant où les hommes frappaient, disparut par la porte qui donnait sur le jardin, en criant à son fils d'une voix effarée : « Retiens-les... cinq minutes seulement. »

» Voulait-il s'enfuir ? Trouva-t-il gardées les issues du jardin ? Sept ou huit minutes plus tard, il revenait, répondait très calmement aux questions, et ne faisait aucune difficulté pour suivre les hommes. Son fils Charles, bien qu'il n'eût que dix-huit ans, fut également emmené.

— Cela se passait... ? demanda Lupin.

— Cela se passait le 26 germinal an II, c'est-à-dire le...

Me Valandier s'interrompit, les yeux tournés vers le calendrier qui pendait au mur, et il s'écria :

— Mais c'est justement aujourd'hui. Nous sommes le 15 avril, jour anniversaire de l'arrestation du fermier général.

— Coïncidence bizarre, dit Lupin. Et cette arrestation eut, sans doute, étant donné l'époque, des suites graves ?

— Oh ! fort graves, dit le notaire en riant. Trois mois après, au début de Thermidor, le fermier général montait sur l'échafaud. On oublia son fils Charles en prison, et leurs biens furent confisqués.

— Des biens immenses, n'est-ce pas ? fit Lupin.

— Eh voilà ! voilà précisément où les choses se compliquent. Ces biens qui, en effet, étaient immenses, demeurèrent introuvables. On constata que l'hôtel du faubourg Saint-Germain avait été, avant la Révolution, vendu à un Anglais, ainsi que tous les châteaux et terres de province, ainsi que tous les bijoux, valeurs et collections du fermier général. La Convention, puis le Directoire, ordonnèrent des enquêtes minutieuses. Elles n'aboutirent à aucun résultat.

— Il restait tout au moins, dit Lupin, la maison de Passy.

— La maison de Passy fut achetée à vil prix par le délégué même de la Commune qui avait arrêté d'Ernemont, le citoyen Broquet. Le citoyen Broquet s'y enferma, barricada les portes, fortifia les murs, et lorsque Charles d'Ernemont, enfin libéré, se présenta, il le reçut à coups de fusil. Charles intenta des procès, les perdit, promit de grosses sommes. Le citoyen Broquet fut intraitable. Il avait acheté la maison, il la garda, et il l'eût gardée jusqu'à sa mort, si Charles n'avait obtenu l'appui de Bonaparte. Le 12 février 1803, le citoyen Broquet vida les lieux, mais la joie de Charles fut si grande, et sans doute son cerveau avait été bouleversé si violemment par toutes ces épreuves, que, en arrivant au seuil de la maison enfin reconquise, avant même d'ouvrir la porte, il se mit à danser et à chanter. Il était fou !

— Bigre ! murmura Lupin. Et que devint-il ?

— Sa mère, et sa sœur Pauline (laquelle avait fini par se marier à Genève avec un de ses cousins) étant mortes toutes deux, la vieille servante prit soin de lui, et ils vécurent ensemble dans la maison de Passy. Des années se passèrent sans événement notable, mais soudain, en 1812, un coup de théâtre. À son lit de mort, devant deux témoins qu'elle appela, la vieille servante fit d'étranges révélations. Elle déclara que, au début de la Révolution, le fermier général avait transporté dans sa maison de Passy des sacs remplis d'or et d'argent, et que ces sacs avaient disparu quelques jours avant l'arrestation. D'après des confidences antérieures de Charles d'Ernemont, qui les tenait de son père, les trésors se trouvaient cachés dans le jardin, entre la rotonde, le cadran solaire et le puits. Comme preuve elle montra trois tableaux, ou plutôt, car ils n'étaient pas encadrés, trois toiles que le fermier général avait peintes durant sa captivité, et qu'il avait réussi à lui faire passer avec l'ordre de les remettre à sa femme, à son fils et à sa fille. Tentés par l'appât des richesses, Charles et la vieille bonne avaient gardé le silence. Puis étaient venus les procès, la conquête de la maison, la folie de Charles, les recherches personnelles et inutiles de la servante, et les trésors étaient toujours là.

— Et ils y sont encore, ricana Lupin.

— Et ils y sont toujours, s'écria Me Valandier... à moins... à moins que le citoyen Broquet, qui sans doute avait flairé quelque chose, ne les ait dénichés. Hypothèse peu probable, car le citoyen Broquet mourut dans la misère.

— Alors ?

— Alors on chercha. Les enfants de Pauline, la sœur, accoururent de Genève. On découvrit que Charles s'était marié clandestinement et qu'il avait des fils. Tous ces héritiers se mirent à la besogne.

— Mais Charles ?

— Charles vivait dans la retraite la plus absolue. Il ne quittait pas sa chambre.

— Jamais ?

— Si, et c'est là vraiment ce qu'il y a d'extraordinaire, de prodigieux dans l'aventure. Une fois l'an, Charles d'Ernemont, mû par une sorte de volonté inconsciente, descendait, suivait exactement le chemin que son père avait suivi, traversait le jardin, et s'asseyait tantôt sur les marches de la rotonde, dont vous voyez ici le dessin, tantôt sur la margelle de ce puits. À cinq heures vingt-sept minutes, il se levait et rentrait, et, jusqu'à sa mort, survenue en 1820, il ne manqua pas une seule fois cet incompréhensible pèlerinage. Or ce jour-là, c'était le 15 avril, jour de l'anniversaire de l'arrestation.

Me Valandier ne souriait plus, troublé lui-même par la déconcertante histoire qu'il nous racontait.

Après un instant de réflexion, Lupin demanda :

— Et depuis la mort de Charles ?

— Depuis cette époque, reprit le notaire avec une certaine solennité, depuis bientôt cent ans, les héritiers de Charles et de Pauline d'Ernemont continuent le pèlerinage du 15 avril. Les premières années, des fouilles minutieuses furent pratiquées. Pas un pouce du jardin que l'on ne scrutât, pas une motte de terre que l'on ne retournât. Maintenant, c'est fini. À peine si l'on cherche. À peine si, de temps à autre, sans motif, on soulève une pierre ou l'on explore le puits. Non, ils s'assoient sur les marches de la rotonde comme le pauvre fou, et comme lui attendent. Et, voyez-vous, c'est la tristesse de leur destinée. Depuis cent ans, tous ceux qui se sont succédé, les fils après les pères, tous, ils ont perdu, comment dirais-je ?... le ressort de la vie. Ils n'ont plus de courage, plus d'initiative. Ils attendent. Ils attendent le 15 avril, et lorsque le 15 avril est arrivé, ils attendent qu'un miracle se produise. Tous, la misère a fini par les vaincre. Mes prédécesseurs et moi, peu à peu, nous avons vendu, d'abord la maison pour en construire une autre de rapport plus fructueux, ensuite des parcelles du jardin, et d'autres parcelles. Mais, ce coin-là, ils aimeraient mieux mourir que de l'aliéner. Là-dessus tout le monde est d'accord, aussi bien Louise d'Ernemont, l'héritière directe de Pauline, que les mendiants, les ouvriers, le valet de chambre, la danseuse de cirque, etc., qui représentent ce malheureux Charles.

Un nouveau silence, et Lupin reprit :

— Votre opinion, maître Valandier ?

— Mon opinion est qu'il n'y a rien. Quel crédit accorder aux dires d'une vieille bonne, affaiblie par l'âge ? Quelle importance attacher aux lubies d'un fou ? En outre, si le fermier général avait réalisé sa fortune, ne croyez-vous point que cette fortune se serait trouvée ? Dans un espace restreint comme celui-là, on cache un papier, un joyau, non pas des trésors.

— Cependant, les tableaux ?

— Oui, évidemment. Mais tout de même, est-ce une preuve suffisante ?

Lupin se pencha sur celui que le notaire avait tiré de l'armoire, et après l'avoir examiné longuement :

— Vous avez parlé de trois tableaux ?

— Oui ; l'un, que voici, fut remis à mon prédécesseur par les héritiers de Charles. Louise d'Ernemont en possède un autre. Quant au troisième, on ne sait ce qu'il est devenu.

Lupin me regarda et continua :

— Et chacun d'eux portait la même date ?

— Oui, inscrite par Charles d'Ernemont lorsqu'il les fit encadrer peu de temps avant sa mort... La même date, 15-4-2, c'est-à-dire le 15 avril an II, selon le calendrier révolutionnaire, puisque l'arrestation eut lieu en avril 1794.

— Ah ! bien, parfait... dit Lupin, le chiffre 2 signifie...

Il demeura pensif durant quelques instants et reprit :

— Encore une question, voulez-vous ?

Personne ne s'est jamais offert pour résoudre ce problème ?

Me Valandier leva les bras.

— Que dites-vous là ! s'écria-t-il. Mais ce fut la plaie de l'étude. De 1820 à 1843, un de mes prédécesseurs, Me Turbon, a été convoqué dix-huit fois à Passy par le groupe des héritiers auxquels des imposteurs, des tireurs de cartes, des illuminés avaient promis de découvrir les trésors du fermier général. À la fin, une règle fut établie : toute personne étrangère qui voulait opérer des recherches devait, au préalable, déposer une certaine somme.

— Quelle somme ?

— Cinq mille francs. En cas de réussite, le tiers des trésors revient à l'individu. En cas d'insuccès, le dépôt reste acquis aux héritiers. Comme ça, je suis tranquille.

— Voici les cinq mille francs.

Le notaire sursauta.

— Hein ! que dites-vous ?

— Je dis, répéta Lupin en sortant cinq billets de sa poche, et en les étalant sur la table avec le plus grand calme, je dis que voici le dépôt de cinq mille francs. Veuillez m'en donner reçu, et convoquer tous les héritiers d'Ernemont pour le 15 avril de l'année prochaine, à Passy.

Le notaire n'en revenait pas. Moi-même, quoique Lupin m'eût habitué à ces coups de théâtre, j'étais fort surpris.

— C'est sérieux ? articula Me Valandier.

— Absolument sérieux.

— Pourtant je ne vous ai pas caché mon opinion. Toutes ces histoires invraisemblables ne reposent sur aucune preuve.

— Je ne suis pas de votre avis, déclara Lupin.

Le notaire le regarda comme on regarde un monsieur dont la raison n'est pas très saine. Puis, se décidant, il prit la plume et libella, sur papier timbré, un contrat qui mentionnait le dépôt du capitaine en retraite Janniot, et lui garantissait un tiers des sommes par lui découvertes.

— Si vous changez d'avis, ajouta-t-il, je vous prie de m'en avertir huit jours d'avance. Je ne préviendrai la famille d'Ernemont qu'au dernier moment, afin de ne pas donner à ces pauvres gens un espoir trop long.

— Vous pouvez les prévenir dès aujourd'hui, maître Valandier. Ils passeront, de la sorte, une année meilleure.

On se quitta. Aussitôt dans la rue, je m'écriai :

— Vous savez donc quelque chose ?

— Moi ? répondit Lupin, rien du tout. Et c'est là, précisément, ce qui m'amuse.

— Mais il y a cent ans que l'on cherche !

— Il s'agit moins de chercher que de réfléchir. Or j'ai trois cent soixante-cinq jours pour réfléchir. C'est trop, et je risque d'oublier cette affaire, si intéressante qu'elle soit. Cher ami, vous aurez l'obligeance de me la rappeler, n'est-ce pas ?

Je la lui rappelai à diverses reprises pendant les mois qui suivirent, sans que, d'ailleurs, il parût y attacher beaucoup d'importance. Puis il y eut toute une période durant laquelle je n'eus pas l'occasion de le voir. C'était l'époque, je le sus depuis, du voyage qu'il fit en Arménie, et de la lutte effroyable qu'il entreprit contre le Sultan rouge, lutte qui se termina par l'effondrement du despote.

Je lui écrivais toutefois, à l'adresse qu'il m'avait donnée, et je pus ainsi lui communiquer que certains renseignements obtenus de droite et de gauche sur ma voisine, Louise d'Ernemont, m'avaient révélé l'amour qu'elle avait eu, quelques années auparavant, pour un jeune homme très riche, qui l'aimait encore, mais qui, contraint par sa famille, avait dû l'abandonner, ainsi que le désespoir de la jeune femme, la vie courageuse qu'elle menait avec sa fille.

Lupin ne répondit à aucune de mes lettres. Les recevait-il ? La date approchait cependant, et je n'étais pas sans me demander si ses nombreuses entreprises ne l'empêcheraient pas de venir au rendez-vous fixé.

De fait, le matin du 15 avril arriva, et j'avais fini de déjeuner que Lupin n'était pas encore là. À midi un quart, je m'en allai et me fis conduire à Passy.

Tout de suite, dans la ruelle, j'avisai les quatre gamins de l'ouvrier qui stationnaient devant la porte. Averti par eux, Me Valandier accourut à ma rencontre.

— Eh bien, le capitaine Janniot ? s'écria-t-il.

— Il n'est pas ici ?

— Non, et je vous prie de croire qu'on l'attend avec impatience.

Les groupes, en effet, se pressaient autour du notaire, et tous ces visages, que je reconnus, n'avaient plus leur expression morne et découragée de l'année précédente.

— Ils espèrent, me dit Me Valandier, et c'est ma faute. Que voulez-vous ! Votre ami m'a laissé un tel souvenir que j'ai parlé à ces braves gens avec une confiance... que je n'éprouve pas. Mais, tout de même, c'est un drôle de type que ce capitaine Janniot...

Il m'interrogea, et je lui donnai, sur le capitaine, des indications quelque peu fantaisistes que les héritiers écoutaient en hochant la tête.

Louise d'Ernemont murmura :

— Et s'il ne vient pas ?

— Nous aurons toujours les cinq mille francs à nous partager, dit le mendiant.

N'importe ! La parole de Louise d'Ernemont avait jeté un froid. Les visages se renfrognèrent, et je sentis comme une atmosphère d'angoisse qui pesait sur nous.

À une heure et demie, les deux sœurs maigres s'assirent, prises de défaillance. Puis le gros monsieur à la jaquette malpropre eut une révolte subite contre le notaire.

— Parfaitement, maître Valandier, vous êtes responsable... Vous auriez dû amener le capitaine de gré ou de force... Un farceur, évidemment.

Il me regarda d'un œil mauvais et le valet de chambre, de son côté, maugréa des injures à mon adresse.

Mais l'aîné des gamins surgit à la porte en criant :

— Voilà quelqu'un !... Une motocyclette !...

Le bruit d'un moteur grondait par-delà le mur. Au risque de se rompre les os, un homme à motocyclette dégringolait la ruelle. Brusquement, devant la porte, il bloqua ses freins et sauta de machine.

Sous la couche de poussière qui le recouvrait comme d'une enveloppe, on pouvait voir que ses vêtements gros bleu, que son pantalon au pli bien formé n'étaient point ceux d'un touriste, pas plus que son chapeau de feutre noir ni que ses bottines vernies.

— Mais ce n'est pas le capitaine Janniot, clama le notaire qui hésitait à le reconnaître.

— Si, affirma Lupin en nous tendant la main, c'est le capitaine Janniot, seulement j'ai fait couper ma moustache... Maître Valandier, voici le reçu que vous avez signé.

Il saisit un des gamins par le bras et lui dit :

— Cours à la station de voitures et ramène une automobile jusqu'à la rue Raynouard. Galope, j'ai un rendez-vous urgent à deux heures et quart.

Il y eut des gestes de protestation. Le capitaine Janniot tira sa montre.

— Eh quoi ! il n'est que deux heures moins douze. J'ai quinze bonnes minutes. Mais pour Dieu que je suis fatigué ! et surtout comme j'ai faim !

En hâte le caporal lui tendit son pain de

munition qu'il mordit à pleines dents, et s'étant assis, il prononça :

— Vous m'excuserez. Le rapide de Marseille a déraillé entre Dijon et Laroche. Il y a une quinzaine de morts, et des blessés que j'ai dû secourir. Alors, dans le fourgon des bagages, j'ai trouvé cette motocyclette... Maître Valandier, vous aurez l'obligeance de la faire remettre à qui de droit. L'étiquette est encore attachée au guidon. Ah ! te voici de retour, gamin. L'auto est là ? Au coin de la rue Raynouard ? À merveille.

Il consulta sa montre.

— Eh ! Eh ! pas de temps à perdre.

Je le regardais avec une curiosité ardente. Mais quelle devait être l'émotion des héritiers d'Ernemont ! Certes, ils n'avaient pas, dans le capitaine Janniot, la foi que j'avais en Lupin. Cependant leurs figures étaient blêmes et crispées.

Lentement le capitaine Janniot se dirigea vers la gauche et s'approcha du cadran solaire. Le piédestal en était formé par un homme au torse puissant, qui portait, sur les épaules, une table de marbre dont le temps avait tellement usé la surface qu'on distinguait à peine les lignes des heures gravées. Au-dessus un Amour, aux ailes déployées, tenait une longue flèche qui servait d'aiguille.

Le capitaine resta penché environ une minute, les yeux attentifs.

Puis il demanda :

— Un couteau, s'il vous plaît ?

Deux heures sonnèrent quelque part. À cet instant précis, sur le cadran illuminé de soleil, l'ombre de la flèche se profilait suivant une cassure du marbre qui coupait le disque à peu près par le milieu.

Le capitaine saisit le couteau qu'on lui tendait. Il l'ouvrit. Et à l'aide de la pointe, très doucement, il commença à gratter le mélange de terre, de mousse et de lichen qui remplissait l'étroite cassure.

Tout de suite, à dix centimètres du bord, il s'arrêta, comme si son couteau eût rencontré un obstacle, enfonça l'index et le pouce, et retira un menu objet qu'il frotta entre les paumes de ses mains et offrit ensuite au notaire.

— Tenez, maître Valandier, voici toujours quelque chose. C'était un diamant énorme, de la grosseur d'une noisette, et taillé de façon admirable.

Le capitaine se remit à la besogne. Presque aussitôt, nouvelle halte. Un second diamant, superbe et limpide comme le premier, apparut.

Et puis il en vint un troisième, et un quatrième.

Une minute après, tout en suivant d'un bord à l'autre la fissure, et sans creuser certes à plus d'un centimètre et demi de profondeur, le capitaine avait retiré dix-huit diamants de la même grosseur.

Durant cette minute il n'y eut pas, autour du cadran solaire, un seul cri, pas un seul geste. Une sorte de stupeur anéantissait les héritiers. Puis le gros monsieur murmura :

— Crénom de crénom !...

Et le caporal gémit :

— Ah ! mon capitaine... mon capitaine...

Les deux sœurs tombèrent évanouies. La demoiselle au petit chien se mit à genoux et pria, tandis que le domestique titubant, l'air d'un homme ivre, se tenait la tête à deux mains, et que Louise d'Ernemont pleurait.

Lorsque le calme fut rétabli et qu'on voulut remercier le capitaine Janniot, on s'aperçut qu'il était parti.

Ce n'est qu'au bout de plusieurs années que l'occasion se présenta, pour moi, d'interroger Lupin au sujet de cette affaire. En veine de confidences, il me répondit :

— L'affaire des dix-huit diamants ? Mon Dieu, quand je songe que trois ou quatre générations de mes semblables en ont cherché la solution ! Et les dix-huit diamants étaient là, sous un peu de poussière !

— Mais comment avez-vous deviné ?...

— Je n'ai pas deviné. J'ai réfléchi. Ai-je eu même besoin de réfléchir ? Dès le début, je fus frappé par ce fait que toute l'aventure était dominée par une question primordiale : la question de temps. Lorsqu'il avait encore sa raison, Charles d'Ernemont inscrivait une date sur les trois tableaux. Plus tard, dans les ténèbres où il se débattait, une petite lueur d'intelligence le conduisait chaque année au centre du vieux jardin, et la même lueur l'en éloignait chaque année, au même instant, c'est-à-dire à cinq heures vingt-sept minutes. Qu'est-ce qui réglait de la sorte le mécanisme déréglé de ce cerveau ? Quelle force supérieure mettait en mouvement le pauvre fou ? Sans aucun doute, la notion instinctive du Temps que représentait, sur les tableaux du fermier général, le cadran solaire. C'était la révolution annuelle de la Terre autour du Soleil qui ramenait à date fixe Charles d'Ernemont dans le jardin de Passy. Et c'était la révolution diurne qui l'en chassait à heure fixe, c'est-à-dire à l'heure, probablement, où le soleil, caché par des obstacles différents de ceux d'aujourd'hui, n'éclairait plus le jardin de Passy. Or tout cela, le cadran solaire en était le symbole même. Et c'est pourquoi, tout de suite, je sus où il fallait chercher.

— Mais l'heure de la recherche, comment l'avez-vous établie ?

— Tout simplement d'après les tableaux. Un homme vivant à cette époque, comme Charles d'Ernemont, eût inscrit 26 germinal an II, ou 15 avril 1794, mais non 15 avril an II. Je suis stupéfait que personne n'y ait songé.

— Le chiffre 2 signifiait donc deux heures ?

— Évidemment. Et voici ce qui dut se passer. Le fermier général commença par convertir sa fortune en bonnes espèces d'or et d'argent. Puis, par surcroît de précaution, avec cet or et cet argent, il acheta dix-huit diamants merveilleux. Surpris par l'arrivée de la patrouille, il s'enfuit dans le jardin. Où cacher les diamants ? Le hasard fit que ses yeux tombèrent sur le cadran. Il était deux heures. L'ombre de la flèche suivait alors la cassure du marbre. Il obéit à ce signe de l'ombre, enfonça dans la poussière les dix-huit diamants, et revint très calmement se livrer aux soldats.

— Mais l'ombre de la flèche se rencontre tous les jours à deux heures avec la cassure du marbre, et non pas seulement le 15 avril.

— Vous oubliez, mon cher ami, qu'il s'agit d'un fou et que, lui, n'a retenu que cette date, le 15 avril.

— Soit, mais vous, du moment que vous

aviez déchiffré l'énigme, il vous était facile, depuis un an, de vous introduire dans l'enclos et de dérober les diamants.

— Très facile, et je n'eusse certes pas hésité, si j'avais eu affaire à d'autres gens. Mais vrai, ces malheureux m'ont fait pitié. Et puis, vous connaissez cet idiot de Lupin : l'idée d'apparaître tout d'un coup en génie bienfaisant et d'épater son semblable lui ferait commettre toutes les bêtises.

— Bah ! m'écriai-je, la bêtise n'est pas si grande. Six beaux diamants ! Voilà un contrat que les héritiers d'Ernemont ont dû remplir avec joie.

Lupin me regarda et, soudain, éclatant de rire :

— Vous ne savez donc pas ? Ah ! celle-là est bien bonne... La joie des héritiers d'Ernemont !... Mais, mon cher ami, le lendemain ce brave capitaine Janniot avait autant d'ennemis mortels ! Le lendemain les deux sœurs maigres et le gros monsieur organisaient la résistance. Le contrat ? Aucune valeur, puisque, et c'était facile à prouver, il n'y avait point de capitaine Janniot. « Le capitaine Janniot !... D'où sort cet aventurier ? Qu'il nous attaque et l'on verra ! »

— Louise d'Ernemont, elle-même ?...

— Non, Louise d'Ernemont protesta contre cette infamie. Mais que pouvait-elle ? D'ailleurs, devenue riche, elle retrouva son fiancé. Je n'entendis plus parler d'elle.

— Et alors ?

— Et alors, mon cher ami, pris au piège, légalement impuissant, j'ai dû transiger et accepter pour ma part un modeste diamant, le plus petit et le moins beau. Allez donc vous mettre en quatre pour rendre service à votre prochain !

Et Lupin bougonna entre ses dents :

— Ah ! la reconnaissance, quelle fumisterie ! Heureusement que les honnêtes gens ont pour eux leur conscience, et la satisfaction du devoir accompli.

« Le signe de l'ombre »,
in *Les Confidences d'Arsène Lupin*, de Maurice Leblanc,

Cours d'instruction criminelle

Pierre Véry

Après des débuts en littérature générale chez Gallimard qui le font remarquer de la critique, Pierre Véry (1900-1961) obtient le premier prix du roman d'aventures organisé par les éditions du Masque en 1930 pour Le Testament de Basil Crookes. *Ce prix oriente sa carrière d'écrivain vers le roman policier dont il a une conception originale : « Je voudrais que mes romans soient des contes de fées pour grandes personnes ». Son personnage de prédilection n'est d'ailleurs pas un détective menant des enquêtes comme Sherlock Holmes, mais un avocat des plus excentriques du nom de Prosper Lepicq.*

Pierre Véry a écrit quelques-uns des grands romans policiers d'avant-guerre : Les Disparus de Saint-Agil, L'Assassinat du Père Noël, Le Thé des vieilles dames, Goupi-Mains rouges, Madame et le mort, *qui ont presque tous été adaptés en films. Requis par le cinéma, Pierre Véry délaissera le roman pour l'écriture de scénarios et n'y reviendra qu'à la toute fin de sa vie...*

La nouvelle qui suit, tirée du recueil Les Veillées de la tour pointue *est typique de la fantaisie de l'auteur. Elle était parue originellement dans un magazine sous le titre « À quand des cours d'instructions criminelles ? »*

À Monsieur Hippolyte Luc
Directeur Général de l'Enseignement Technique,
ces « Anticipations »,
En toute humilité et en toute amitié.

— Élève Lacroix, dites ce que vous savez du secret de Mlle Stangerson.

— Le secret de Mlle Stangerson... Heu... Le secret de Mlle...

— Je vois que vous n'en connaissez pas le premier mot. Passons ! Citez la phrase fameuse que Rouletabille entendit dans les jardins de l'Élysée, le long du mur qui longe l'avenue Marigny.

— ...

— Citez la phrase que Rouletabille entendit à l'auberge du Donjon.

— ...

— Je constate que vous n'avez pas ouvert votre Gaston Leroux. Vous me copierez trente fois les phrases : « Le presbytère n'a rien perdu de son charme ni le jardin de son éclat » et « Maintenant, il va falloir manger du saignant. » Vous pouvez vous rasseoir. Élève Mercier, que savez-vous du secret de Mlle Stangerson ?

— Mlle Stangerson, m'sieur, après avoir épousé secrètement à Philadelphie un certain Jean Roussel, qui n'était autre que le sinistre bandit Ballmeyer, alias le détective Frédéric Larsan, encore nommé le Grand Fred, m'sieur, en eut un fils qui porta d'abord le nom de Joseph Joséphin, puis celui de Joseph Rouletabille.

— Très bien. Dites quel fut le premier indice matériel découvert par Joseph Rouletabille dans la Chambre Jaune ?

— Un cheveu blond de femme, m'sieur.

— Où le reporter découvrit-il ce cheveu ?

— Sous le lit, m'sieur.

— Qu'en déduisit-il ?

— Il en déduisit le *Cauchemar de Mlle Stangerson*, m'sieur.

— Récitez le *Cauchemar de Mlle Stangerson*. Commencez à : « Et tout à coup, pendant que le coucou... »

— « Et tout à coup, pendant que le coucou faisait entendre la demie passé minuit, une clameur désespérée partit de la Chambre Jaune. C'était mademoiselle qui criait : "À l'assassin ! À l'assassin ! ! Au secours ! ! !" Aussitôt, des coups de revolver retentirent... »

— Je vous remercie. Élève Jozont, nommez le plus mortel ennemi de Sherlock Holmes.

— Le professeur Moriarty, m'sieur.

— La date de l'assassinat de la veuve Lerouge, de *L'Affaire Lerouge*, par Gaboriau ?

— 4 mars 1862, m'sieur.

— Quel policier parvint à résoudre cette énigme ?

— Le père Tabaret, dit : Tirauclair.

— Je vous remercie. Élève Charantac, parlez d'Isidore Bautrelet.

— Le collégien Isidore Bautrelet, dans l'aventure de *L'Aiguille Creuse*, fut pour Arsène Lupin un adversaire formidable, m'sieur. Il comprit que le cadavre de la falaise...

*
**

Cette scène se passe dans un lycée de France vers l'an 2500.

La littérature criminelle, incorporée vers les années 2300 aux programmes du baccalauréat, a, peu à peu, pris le pas sur toutes les autres formes de littérature, qui sont tombées dans le discrédit, puis dans l'oubli. Edgar Allan Poe, Émile Gaboriau, Gaston Leroux, Maurice Leblanc, Conan Doyle, Edgard Wallace et certains auteurs spécialisés du début du XXe siècle sont devenus des classiques dont l'étude se commence en cinquième et se poursuit jusqu'en philosophie *.

Chaque élève, dans son pupitre, a une histoire du roman policier français et étranger, un livre de morceaux choisis policiers avec glossaire et commentaires, un précis de technique policière, un abrégé du Code pénal et du Code d'Instruction criminelle, un manuel d'exercices policiers, un dictionnaire policier : le Locard.

***

Dès le matin :

« À six heures précises, ainsi qu'il l'avait annoncé, Herlock Sholmès, vêtu d'un pantalon trop court et d'un veston trop étroit qu'il avait empruntés à un aubergiste de Neuilly... »

C'est une dictée.

« L'agent de la Sûreté prit le bras du vieux juge de paix et le serra énergiquement : "Rassurez-vous, monsieur, dit-il d'un ton

* Aujourd'hui, la classe de terminale.

froid, nous retrouverons l'assassin ou je perdrai mon nom de Lecoq." »

C'est un exercice grammatical.

— Prenez votre *Meurtre de Roger Ackroyd*, page 269, chapitre XXIII : *Poirot's little reunion : « And now, said Caroline, rising, that child is coming upstairs to lie down »*, jusqu'à : *« What is it ? I asked »*.

C'est une version.

Ainsi jusqu'à midi.

Rentrés chez eux, les enfants posent d'étranges questions à leurs parents.

— Maman, dit à table, en s'escrimant sur son beefsteack, la fille aînée, je suppose que tu veuilles empoisonner papa.

— Bien, dit la mère.

— Tu ne disposes que d'arsenic.

— Très bien.

— Dans quels aliments introduiras-tu le toxique afin d'éviter que papa ne soupçonne, à la saveur...

Le père lève le nez, guette la réponse.

— Ma foi, dit la mère, je pense que du café très fort ferait l'affaire.

— Mais non ! jette le père. Ça ne tient pas debout, ma pauvre ! Je m'en apercevrais tout de suite ! Moi, à ta place, j'attendrais les premiers froids. Tu sais que les premiers froids me donnent des aigreurs d'estomac et que je prends de la levure de bière. Eh bien, tu flanques ton arsenic dans ma levure de bière...

Après le repas, c'est le tour de la toute jeune.

— Maman, au cours de couture et de travaux pratiques, on nous a donné à couper un masque de velours et une cagoule de drap, et à tresser une échelle de corde. Montre-moi, dis...

— Comment ! Tu ne sais pas ? Une grande fille comme toi ! Tu devrais être honteuse !

En soupirant, la mère se lève, va prendre son fil, ses aiguilles, ses ciseaux, des chiffons.

— Pour couper une cagoule, tu commences par calculer ton ourlet...

À l'étage au-dessus, un gamin, le nez au plafond, bâille et rêvasse sur un livre ouvert, en mordillant son porte-plume.

— C’est comme ça que tu étudies ? crie le père. Bien la peine qu’on se saigne aux quatre veines pour te faire donner de l’instruction !

Le gosse baisse le nez et se met à potasser son cours d’instruction criminelle.

Retour au lycée.

Au tableau noir, des professeurs tracent des figures, des chiffres.

— Étant donné, *primo*, un local clos *Y* affectant la forme d’un triangle isocèle *A B C* et, *secundo*, un autre local clos *Z* affectant la forme d’un hexagone *M N O P Q R*, calculer...

C’est la classe de géométrie.

— Étant donné un coffre-fort revêtu d’une plaque d’acier de *x* millimètres d’épaisseur, étant donné d’autre part un chalumeau oxydrique d’une puissance *h*, calculer la durée de l’opération consistant à pratiquer autour de la serrure une ouverture circulaire d’un diamètre de...

C’est la classe de physique.

— Donner la formule d’une encre sympathique qui ne « remonte » qu’après deux heures d’exposition à la chaleur solaire.

C'est la classe de chimie.

— Situer schématiquement, sur un parquet, un cadavre dont...

C'est la classe de dessin.

— Traduire en clair le cryptogramme suivant : 2037652543444887678901010761419 0512233976101098103434 en appliquant la Méthode du Chiffre Carré.

C'est la classe de mathématiques.

Ouf ! Voici la récréation.

Des groupes se forment ; on bavarde en déambulant dans la cour.

— Qu'est-ce que t'as donné comme coupable, au dernier problème d'induction et de logique ?

— Le juge d'instruction, tiens !

— Mais non ! Le coupable, c'est le policier ! L'indice du mégot...

— Pas du tout, dit un troisième, l'astuce roule sur l'alibi. La victime était de mèche avec l'assassin.

Sous un hangar, un groupe d'élèves fait cercle autour d'un moniteur de culture physique.

— L'exercice consistant à escalader sans laisser de traces de son passage une fenêtre située à deux mètres au-dessus du sol et étant admis que le mur est fraîchement crépi s'exécute en quatre temps. Premier temps : flexion sur les jarrets, mains aux hanches, buste ramené en arrière...

De nouveau, nous sommes dans la salle d'études.

Par les fenêtres ouvertes pénètre dans la pièce une rumeur de voix jeunes.

Écoutez, peuples de France,
Du royaume du Chili,
Peuples de Russie aussi,
Du cap de Bonne-Espérance,
Le mémorable accident
D'un crime très conséquent...

C'est la classe de chant. Trente mômes « travaillent » la complainte de Fualdès. La semaine précédente, ils « travaillaient » la complainte de Troppmann. La semaine prochaine, ils « travailleront » la complainte de Landru.

Dans un pensionnat voisin, des jeunes filles « travaillent », sur l'air de la *Paimpolaise*, la complainte de Violette Nozière :

À chaque question,
Violette répond :
Oui, c'est moi la seule coupable
Je vous l' jur', monsieur l' Président !
Personne d'autre n'est responsable
De l'empoison'ment d'mes parents...

Et les cours reprennent.

Classe de philosophie :

— Messieurs, les états affectifs dans *Arsène Lupin*...

Classe de latin :

— Messieurs, le vieil adage : *His fecit cui prodest* *...

Classe de zoologie :

— Messieurs, on entend par : *Rat d'Hôtel*...

* « Celui à qui le crime profite... »

Classe de lettres :

— Messieurs, le Triangle, en littérature, est donné par ces trois personnages principaux : la victime, l'assassin et le policier. On compte trente-deux situations dramatiques...

Classe de géographie :

— Messieurs, les départements français, dans l'ordre décroissant d'importance du point de vue de la criminologie, sont...

Classe d'histoire :

— Messieurs, l'admission de Vidocq dans les services de la Sûreté...

***

Le soir, à la maison :

— Maman, suppose que tu aies assassiné ton amant à coups de serpe ?

— Bien.

— Tu veux te soustraire à l'action de la justice.

— Très bien.

— La police possède ton signalement.

— Parfait.

— Dans quel magasin achèteras-tu des vêtements pour dépister les limiers ? Mettras-tu une perruque ? Quitteras-tu Paris à pied, en bicyclette, en taxi, et par quelle porte ? Prendras-tu un train ? En ce cas, dans quelle gare, et pour quelle destination ?

— Papa, imagine un couloir sur lequel donnent sept portes. Un millionnaire dort dans la chambre du fond. Sa porte et sa fenêtre sont fermées de l'intérieur. Son secrétaire veille dans la chambre contiguë. Comment vas-tu t'y prendre pour pénétrer chez le millionnaire, l'assassiner, le voler, sans te faire prendre ?

Le père médite un instant, a un geste ennuyé.

— C'est enfantin, mon petit ! C'est le problème du Local clos. Il existe un tas de solutions. En principe, je puis faire le coup de la Galerie inexplicable, ou bien je peux employer le système de l'Odeur funèbre. Ou, encore... Que veux-tu que je te dise ? J'ai su mon « Local clos » sur le bout du doigt, autrefois, mais, depuis le temps que je n'ai pas ouvert un manuel... Demande à ton grand frère !...

***

Sur ces problèmes, les enfants suent sang et eau. Ils traînent sans enthousiasme leur serviette gonflée de manuels portant ces titres rébarbatifs : *L'Étrange Mort de sir Jéroboam Backdrive*, *Triple Assassinat rue Sébastien-Bottin*, *L'Affaire des Oreilles Rouges*, *Le Fantôme Parleur de Talafeix*.

Un ennui mortel monte de ces livres de classe, de ces textes devenus, — depuis qu'ils sont matière d'étude, qu'on les dissèque et les commente, — plus froids que les cadavres dont ils traitent.

Les déductions du chevalier Dupin, de M. Lecoq, de Sherlock Holmes, — quel ennui ! Quel ennui, le *Cauchemar de Mlle Stangerson*, le grand monologue d'Arsène Lupin au cinquième acte de *813* — ces machines séculaires qu'on ressasse à l'Odéon et au Français !

Depuis longtemps, les écoliers ont cessé de lire pour leur plaisir des livres d'aventures. Ils ne se rêvent plus chefs de bande, gentlemen cambrioleurs. Ils dévorent des livres défendus, se délectent d'une suspecte littérature « d'avant-garde » où l'on voit des auteurs révolutionnaires briser résolument les vieux moules, composer, en vers généralement alexandrins, de curieux ouvrages qu'ils nomment « tragédies ».

D'extravagants conflits sentimentaux y sont étudiés. On a inventé un nouveau *triangle* : le mari, la femme et l'amant.

Un prince espagnol se demande s'il se doit à son père avant qu'à sa maîtresse ; un vieillard chauvin contemple d'une prunelle sèche un combat fratricide entre ses trois fils et leurs beaux-frères. Ou bien c'est l'histoire d'une reine incestueuse enflammée de passion pour son chaste beau-fils.

Cette jeunesse fait aussi ses délices de courts récits en vers irréguliers, nommés « fables », où sont peints des animaux : le renard, la cigogne, la belette, le petit lapin, la cigale et la fourmi.

Les professeurs, ainsi qu'il se conçoit, dédaignent ce genre d'écrits frivoles, mais, dans les chapelles, les cénacles, on chuchote que ces « tragédies », ces « fables » méprisées, qui déconcertent par leur outrancière nouveauté, pourraient bien, un jour, à leur tour, devenir les Classiques...

« Cours d'instruction criminelle »,
in *Les Veillées de la tour pointue*, de Pierre Véry

M. Strang et la promenade scolaire

William Brittain

William Brittain est né en 1930 dans l'État de New York. Après ses études universitaires, il a fait carrière jusqu'en 1986 comme professeur d'anglais dans un lycée de New York. Ce qui ne l'a pas empêché de collaborer parallèlement aux deux grands magazines policiers américains à partir de 1964-1965, le Alfred Hitchcock's Mystery Magazine *et le* Ellery Queen's Mystery Magazine. *C'est dans cette dernière revue qu'il a publié toute une série de remarquables pastiches d'auteurs policiers célèbres de John Dickson Carr à Simenon, et c'est également dans ces pages qu'il a fait paraître une suite de nouvelles mettant en scène M. Strang, un professeur de sciences dans un lycée possédant d'incontestables dons de détective amateur. Les deux nouvelles suivantes, parues à l'origine en France dans* Mystère magazine*, nous en donnent la preuve. William Brittain est également l'auteur de romans non policiers pour la jeunesse :* The Fantastic Freshman, Dr Dedd's Wagon of Wonders*, etc.*

Le car jaune qui portait, peints sur le côté les mots *École secondaire d'Aldershot* en grosses lettres noires, s'arrêta en grinçant devant le Muséum d'histoire naturelle du centre. Quand le chauffeur ouvrit la portière, les 27 élèves à l'intérieur s'agitèrent, très excités sur leurs sièges. M. Strang, son vieux chapeau perché carrément au milieu de son crâne pour dissimuler une calvitie qui s'accroissait de façon alarmante, se leva et descendit en boitillant les marches du car, suivi de ses étudiants en biologie qui se bousculaient dans la plus grande confusion.

Sans dire un mot, le petit et mince professeur leva une main au-dessus de sa tête. Les gloussements aigus des filles et les commentaires enroués des garçons s'arrêtèrent immédiatement. Les étudiants se mirent sur deux rangées qui auraient fait honneur à un instructeur des Marines. D'un simple mouvement de tête, M. Strang conduisit alors sa classe à l'intérieur du bâtiment.

— Oh !

M. Strang se tourna juste à temps pour voir le garçon qui était à la tête d'une des deux files agripper, d'un air malheureux, le fond de son pantalon. Le professeur lança un regard furieux au garçon qui marchait derrière le premier et tendit la main.

— Donnez-moi cette épingle, s'il vous plaît.

Avec un sourire niais, Bradley Grier tendit à M. Strang la longue épingle avec laquelle il avait piqué son condisciple.

— J'espérais que pour aujourd'hui vous abandonneriez ce genre de plaisanterie,

Bradley, dit le professeur. Nous faisons si peu de promenades scolaires que j'aimerais que vous ne les gâchiez pas avec vos tentatives enfantines pour être drôle. Nous discuterons plus tard en tête à tête de votre petite plaisanterie mais pour l'instant les portes du muséum vont s'ouvrir. Nous allons être les premiers visiteurs, et j'espère que vous n'allez pas transformer cet endroit en champ de bataille.

À l'intérieur du muséum, M. Strang conduisit sa classe au pied du grand escalier qui menait aux étages supérieurs.

— Nous allons commencer par l'étage le plus haut où se trouve la salle des Mammifères puis nous redescendrons jusqu'en bas tout en travaillant, annonça-t-il. Pas de questions ?

Comme personne ne levait la main, le professeur commença à gravir l'escalier. Les étudiants dispersés s'arrêtaient de temps en temps pour examiner les animaux empaillés placés à chaque palier.

— Enlevez vos mains de cela avant que je vous signale au gardien ! dit M. Strang à

Bradley Grier, qui avait passé ses bras autour d'un énorme ours grizzly qui semblait lui rendre son baiser. Le garçon regarda d'un air coupable un petit homme en tablier de cuir qui lançait des regards hostiles au groupe.

— Je viens de ramasser des spécimens pour les envoyer au nettoyage, gronda l'homme. Ils étaient couverts de tout ce qu'on peut imaginer, depuis du cirage jusqu'à du chewing-gum. Je viens de finir de brosser cet ours il n'y a pas deux heures et il reste encore dans le sous-sol plus de vingt animaux à nettoyer. Aussi faites bien attention de ne toucher à rien !

M. Strang déplorait intérieurement que Bradley n'eût pas choisi cette journée pour être absent ce qui lui arrivait pourtant souvent à l'école.

Les membres de la classe atteignirent l'étage supérieur et se trouvèrent devant deux vastes portes arquées. On pouvait lire en lettres de bronze sur celle de gauche : INDIENS DE L'HÉMISPHÈRE OCCIDENTAL et sur celle de droite : SALLE DES MAMMIFÈRES. Sur une plus petite porte en métal tout à fait à droite du palier était inscrit : *Pour les employés seulement*, et M. Strang s'attendait à entendre la plaisanterie classique qui consistait à demander à voir les employés empaillés.

La salle des Mammifères était presque entièrement consacrée à des types rares d'animaux à fourrure. Dès qu'on entrait, on pouvait voir un ornithorynque couvant ses œufs au-dessus d'une vitrine pleine de petites créatures classées en carnivores et herbivores. Puis venait le squelette d'un âne sauvage soutenu par une armature invisible et, pendu au plafond, ses ailes énormes déployées, un vampire. Même l'énorme baleine était représentée au milieu d'autres mammifères aquatiques par une seule dent de presque vingt-cinq centimètres.

Tandis que ses étudiants allaient d'une curiosité à l'autre M. Strang se tenait devant une vaste niche creusée dans le mur. D'un côté de la niche un opossum et un koala d'Australie placés sur des piédestaux de bois poli étaient séparés d'un diable de Tasmanie fixé sur un socle identique par un espace vide d'environ un mètre. Le diable, qui ressemblait à un petit ours à longue queue, avait les babines retroussées pour montrer ses dents pointues, et M. Strang se sentait tout heureux que le petit monstre ne fût pas en vie.

— Pas très sympathique n'est-ce pas ?

Le professeur se retourna et se trouva en face d'un homme grand et d'aspect cadavérique qui portait la veste grise des gardiens du muséum.

— Je m'appelle Talbot, dit l'homme d'une voix douce en tendant la main, et vous êtes sans doute M. Strang. On nous a dit que votre classe viendrait, je suis chargé de la salle des Mammifères, aussi n'hésitez pas à me poser toutes les questions que vous voudrez.

M. Strang serra la main de Talbot et s'aperçut d'un coup d'œil que Bradley Grier, accompagné d'un autre étudiant, était en train de sortir par une porte située au bout de la pièce.

— Où mène-t-elle ? demanda le professeur prudemment, en désignant la porte.

— Simplement dans la salle d'à côté où se trouve l'exposition indienne, répondit Talbot. Ne vous faites pas de souci pour ces garçons. Monsieur Albemarle surveille cette partie. Il s'occupera d'eux.

— Je ne me fais pas de souci pour ces garçons. C'est...

M. Strang fut brutalement interrompu par le rugissement d'une voix d'homme venue de la salle contiguë. C'était un cri de rage mêlée d'incrédulité.

— Il n'est plus là !

Les murs de marbre du muséum firent écho au rugissement et le bavardage des étudiants s'arrêta soudain, créant un étrange silence. On entendit un bruit de pas sur le sol dur puis un homme apparut sur le seuil.

L'homme qui portait une veste semblable à celle de Talbot se tint là un moment, le visage furieux. Il finit par repérer M. Strang et pointa un index accusateur en direction du professeur.

— Un de vos gosses m'a volé un masque,

dit l'homme, se dirigeant vers M. Strang, et je veux qu'il me le rende ! Alors où est-il ?

Le professeur regardait l'homme avec stupeur et ne disait rien. Finalement ce fut Talbot qui parla.

— Monsieur Albemarle, dit-il avec raideur, voici M. Strang. Il est en promenade scolaire avec ses élèves et je ne l'ai pas perdu de vue depuis qu'il est arrivé à cet étage. Maintenant dites-nous de quoi il s'agit ?

— Eh bien, peut-être que vous n'avez pas perdu le maître de vue mais vous ne pouvez pas en dire autant pour les gosses, dit Albemarle. Deux d'entre eux sont passés par cette porte et étaient en train d'examiner les objets indiens. J'allai vers eux pour voir si je pouvais leur donner quelque explication et c'est alors que j'ai vu que le masque manquait.

— Quel masque ? demanda M. Strang.

— Venez, je vais vous montrer, dit Albemarle. Quand apprendrez-vous, vous les professeurs, à surveiller vos élèves quand ils viennent au musée ? C'est votre boulot, non ? les empêcher de voler et de casser tout ce qu'ils voient ?

Se retenant de donner un coup de pied dans le vaste postérieur d'Albemarle, M. Strang le suivit dans la salle d'à côté. Tandis qu'il franchissait le seuil de la porte, deux garçons qui se tenaient près d'un mur s'élancèrent vers leur maître en protestant bruyamment.

— Nous n'avons rien fait, monsieur Strang !

— Écoutez monsieur, si seulement cet homme voulait bien nous dire ce qui manque...

M. Strang considéra le garçon qui se tenait à côté de Bradley Grier.

— Comment, M. Pellman, dit-il avec un sourire moqueur, je ne pensais pas vous rencontrer ici. Avez-vous décidé avec Bradley de faire un petit tour ou bien pensiez-vous nous fausser compagnie ?

— Ce n'est pas drôle, monsieur Strang, gémit Steve Pellman. Bradley et moi... je... eh bien, nous voulions voir ce qu'il y avait ici, dans cette salle. Et nous n'y étions pas depuis plus d'une minute quand le gardien nous a empoignés en hurlant que nous avions volé quelque chose. Je ne sais pas encore de quoi il parle.

— Je vais vous montrer de quoi je parle, gronda Albemarle, forçant M. Strang à le suivre.

La salle contenant les curiosités indiennes était séparée au milieu par un cordon de velours. D'un côté étaient exposés des objets provenant des Indiens d'Amérique du Nord tels que carquois contenant des flèches à pointe de silex, armes diverses, canoë de guerre et totem. De l'autre côté se trouvaient des curiosités en provenance des Indiens d'Amérique Centrale et d'Amérique du Sud. Albemarle conduisit le professeur de l'autre côté de la pièce et lui désigna un endroit du mur, derrière une haute rangée de poteries.

Disposés en cercle se trouvaient sur le mur les masques les plus grotesques que M. Strang eût jamais vus. En bois, en pierre ou faits d'autres matériaux, leurs yeux protubérants, leurs épaisses bouches arrondies, leurs mentons et leurs joues bizarrement colorés faisaient un effet à la fois fascinant et effrayant.

Sur le mur, au centre du cercle, était fixée une plaque de bois sombre de quelques centimètres. Mais ce qui avait été accroché à la plaque avait disparu.

— C'était un masque funèbre inca, dit Albemarle. Précolombien et en or massif. Cette chose vaut une fortune et un de ces deux-là l'a prise. C'est sûrement l'un des deux qui a mis la main dessus.

— Si l'un de mes élèves l'a pris, il vous le rendra, dit M. Strang.

— Que voulez-vous dire : si ? Ce sont les seules personnes à être entrées ici ce matin.

Albemarle montra la grande porte arquée à l'autre bout de la salle.

— Je ne me suis pas éloigné de plus de trois mètres de cette entrée depuis que j'ai commencé mon travail ce matin, dit-il. Personne n'a pu entrer ici sans que je le vois. La seule autre issue est la porte qui mène à la salle des Mammifères. Et vos gosses sont aujourd'hui les seuls visiteurs à être venus à cet étage. La plupart des gens commencent par les étages inférieurs. Nous n'avons pas beaucoup de monde ici avant midi.

— Et de toute ma classe, seuls ces deux-ci, Grier et Pellman sont entrés dans cette salle, est-ce exact ?

— C'est exact.

— Y a-t-il une possibilité qu'ils aient pu sortir le masque d'ici et l'emmener... disons : à la salle des Mammifères ?

— Absolument pas. Je ne les ai pas quittés des yeux depuis le moment où ils sont entrés ici. Oh ! ils ont pu enlever le masque du mur sans que je les voie car les poteries cachent l'emplacement du masque quand on se trouve près de la porte de devant. Mais ils ne sont pas revenus vers la porte, j'en suis sûr.

M. Strang se tourna vers les deux élèves.

— Vous avez entendu ce que cet homme a dit, murmura-t-il, et je pense que vous serez d'accord avec moi pour trouver que la plaisanterie a assez duré. Maintenant dites-moi où vous l'avez mis ?

Bradley Grier et Steve Pellman étaient l'image même de l'innocence outragée.

M. Strang remarqua que le reste des étudiants étaient maintenant assemblés sur le seuil de la porte de derrière.

— Gardez-les dans l'autre salle, s'il vous plaît, monsieur Talbot, dit M. Strang. Il se tourna vers les deux garçons qui se tenaient le long du mur. Si vous ne me dites pas où se trouve cet objet infernal, continua-t-il, je m'en vais considérer ceci non plus comme une plaisanterie, mais comme une tentative de vol commis au détriment du muséum. Aussi pour la dernière fois, où est ce masque ?

Steve Pellman s'avança d'un pas.

— Honnêtement, monsieur Strang, commença-t-il, nous n'avons rien pris. Bien sûr nous avons regardé cette plaque de bois sur le mur et Brad m'a demandé si je me doutais de ce qui avait pu être accroché là. Avant que j'aie pu répondre, cet homme nous a empoignés.

— Monsieur String ou quel que soit votre nom, dit Albemarle, ce masque était l'une des pièces les plus précieuses de ce musée. L'or en lui-même vaut déjà très cher sans compter la valeur archéologique du masque. Et si on ne me le rend pas, je vais être obligé d'appeler la police.

La police ! M. Strang s'imagina en train d'essayer d'expliquer au principal comment il avait emmené ses élèves en promenade scolaire et comment ils avaient eu affaire avec la police.

— Attendez une minute, dit-il d'un ton apaisant. Quelle était la taille du masque ?

— Il était... eh bien... de la taille d'un masque. Fait pour aller sur le visage d'un homme. Et vraiment épais. Cet or était...

— Alors ce n'était pas précisément le genre d'objet qu'on peut facilement glisser dans sa poche avant de sortir, n'est-ce pas ? demanda le professeur.

— Non, je ne crois pas... à moins d'avoir des poches au-dessus de la moyenne. Et même alors, ça ferait une grosse bosse.

— Alors vous êtes d'accord pour dire qu'aucun des deux garçons ne peut l'avoir sur lui ?

— Eh bien... oui, sans doute, répondit

Albemarle, examinant de tout près les élèves dans leurs vêtements ajustés.

— Et vous admettez qu'ils n'ont pas quitté la salle ?

Albemarle acquiesça.

— Alors le masque doit se trouver dans cette salle. Je propose que nous le cherchions tous deux. Et vous pouvez demander à M. Talbot qu'il ne laisse entrer aucun autre visiteur avant que nous n'ayons fini.

Cette théorie paraissait sans faille aux yeux de M. Strang. Il n'en reste pas moins vrai qu'une demi-heure plus tard, lui et Albemarle étaient couverts de poussière, l'exposition des INDIENS DE L'HÉMISPHÈRE OCCIDENTAL avait été fouillée de fond en comble et... le masque restait introuvable.

— C'est impossible, dit Albemarle, essuyant ses mains après sa veste toute sale maintenant. Personne ne l'a, il n'est pas ici... où a-t-il pu passer ?

M. Strang frotta sa main sur son front, laissant des traces noires sur un de ses yeux. Il serrait les mâchoires.

— Je me suis sans doute trompé quand

j'ai cru que le masque était encore dans la salle, dit-il, mais nous savons de façon certaine que les garçons n'ont pas quitté cet étage. Maintenant je vais emmener ma classe à l'extérieur, en haut de l'escalier. M. Talbot pourra rester avec eux. Et nous allons tous deux passer tout l'étage au peigne fin. Et quand nous aurons trouvé le masque, ce dont je suis certain, nous reviendrons ici et tordrons le cou de ces deux garnements.

— Mais, monsieur Strang... commença Bradley Grier.

— Taisez-vous, riposta le professeur tout rouge et en proie à une explosion de colère peu professionnelle. Je veux que maintenant on me laisse seul avec mes pensées... parmi lesquelles se trouvent des projets de torture lente pour vous et Steve Pellman.

On conduisit la classe sur le palier, en haut de l'escalier. Après avoir examiné un à un chaque étudiant et les grands sacs de deux filles, Albemarle se déclara satisfait et dit que personne n'avait le masque en sa possession. Après cela, laissant Talbot avec les étudiants, il entra avec M. Strang dans la salle des Mammifères.

— Et ces animaux empaillés ? demanda M. Strang en prenant le koala sur son piédestal et en le secouant. Ne peut-on en ouvrir un et...

— Impossible, dit Albemarle. Les peaux sont montées sur les carcasses en fibres de verre. Il faudrait une hache pour en venir à bout. Et même alors ça ferait un bruit de tambour. Vous comprenez ?

Le gardien frappa de son index replié un raton laveur monté sur une branche d'arbre. Cela rendit un son creux et impressionnant.

— Ça serait impossible à faire sans être vu ou entendu, conclut-il.

— Alors notre recherche ne prendra pas longtemps, dit le professeur.

Effectivement, en moins d'une demi-heure toute la salle avait été soigneusement fouillée et, comme le masque restait introuvable, M. Strang commençait à croire qu'il s'agissait d'un tour de magie.

— Sorcellerie ! marmonna le professeur. Le masque doit être à cet étage, n'est-ce pas ? Je veux dire, vous l'avez vu plus tôt, n'est-ce pas ?

— C'est vrai. J'ai inspecté toute mon exposition en arrivant à mon travail. Ce masque était à sa place une heure au moins avant l'ouverture du musée.

— Alors il doit être là... mais il n'y est pas, dit M. Strang sortant de la salle des Mammifères.

Il jeta un coup d'œil à la porte métallique au bout du hall.

— Voici un endroit que nous n'avons pas fouillé. Qu'y a-t-il là ?

— Une cage d'ascenseur, dit Albemarle.

— Oh ! Alors peut-être...

— Peut-être que quelqu'un a lancé le masque dans la cage ? Non, monsieur Strang. Cette porte peut seulement s'ouvrir de l'autre côté afin d'éviter toute chute accidentelle.

M. Strang dut se rappeler sévèrement à l'ordre intérieurement pour ne pas exploser en face de ses élèves.

Las, poussiéreux et sali, le professeur se dirigea vers le haut des marches, où Steve

Pellman et Bradley Grier se tenaient près de Talbot. M. Strang, l'air désolé, regarda les deux garçons.

— Où est-il ? demanda-t-il simplement.

— Je vous jure, monsieur Strang, que nous n'avons pas... commença Steve.

— Arrête, Steve, intervint Bradley. Il est persuadé que nous l'avons pris malgré toutes nos dénégations. Il ne peut penser à rien d'autre qu'à ce que nous l'ayons pris. J'imagine que c'est ce que le célèbre M. Strang appelle avoir l'esprit ouvert.

Tous les étudiants retenaient leur souffle tandis que M. Strang foudroyait Bradley du regard. Ils attendaient l'explosion verbale que l'insolence du jeune garçon n'avait pu manquer de déclencher. Le professeur serrait les poings et ses yeux étincelaient. Puis sa colère tomba, les minces épaules lasses se voûtèrent et il eut un petit rire.

— Vous avez absolument raison, Bradley, dit-il doucement, bien que vous ayez pu montrer un peu plus de délicatesse. J'ai agi jusqu'ici assez peu objectivement et très peu scientifiquement. J'ai bien peur d'avoir été influencé par votre réputation. Cependant le masque n'est toujours pas là. Avez-vous quelque chose à me suggérer ?

— Monsieur Strang, répondit Bradley, d'un ton nettement soulagé, vous nous avez toujours dit qu'il n'y a pas de problème qu'on ne puisse résoudre si on n'y apporte suffisamment d'attention. Il me semble, excusez-moi, monsieur, qu'il est temps maintenant pour vous de... hum !... vous y mettre ou de vous taire.

— Hum !

Plongé dans ses pensées, le professeur marcha lentement vers l'entrée de la salle des Mammifères. Il s'arrêta et se gratta la tête. Du seuil, il pouvait voir l'opossum et le koala perchés innocemment sur leur piédestal.

Puis il se rappela quelque chose que lui avait dit Albemarle.

— Extravagant ! se dit-il à lui-même, et pourtant il n'y a pas d'autre possi...

— Que marmonnez-vous ? demanda Albemarle. Je vais être obligé d'appeler la police et de faire un rapport...

— Une minute, s'il vous plaît, dit M. Strang, faisant un geste d'impatience. Cet opossum sur le piédestal, monsieur Albemarle... saviez-vous que l'opossum est originaire d'Amérique du Nord ?

— Qu'est-ce que ça a à voir avec le masque ?

Avant de répondre, M. Strang sortit lentement ses lunettes de la poche intérieure de sa veste. Après les avoir essuyées avec sa cravate, il les brandit d'une main tandis que son autre main restait enfouie dans sa poche de veste. Bien que ce geste rituel fût familier aux étudiants de l'École secondaire d'Aldershot, il était tout à fait nouveau pour Albemarle.

M. Strang, ayant considéré tous les aspects du problème, s'apprêtait à faire une conférence.

— Avant que je réponde à votre question, répondit-il, j'aimerais vous faire remarquer quelque chose, monsieur Albemarle. Depuis que vous m'avez annoncé la disparition du masque, nous avons supposé qu'il était caché à cet étage. Et pourtant nous avons cherché partout et ne l'avons pas trouvé. Par conséquent, n'est-il pas évident que nous nous sommes trompés et... que le masque est ailleurs ?

— Mais c'est forcé qu'il soit là.

— Pourquoi ?

— Écoutez, monsieur Strang, Talbot et moi-même sommes arrivés ici à huit heures. C'est-à-dire deux heures avant l'ouverture du muséum. Vous et votre classe êtes arrivés à dix heures et quart. Et personne n'a quitté cet étage ce matin !

— Non ? (M. Strang se tourna vers Bradley Grier.) Quand nous sommes montés ici, vous avez eu une légère altercation avec un employé du musée... un homme en tablier de cuir. Vous rappelez-vous ce qu'il a dit à propos de son travail, Bradley ? Quelque chose qui ait un rapport avec notre problème ?

— Je ne crois pas. Hé... attendez un peu ! Il a dit qu'il avait été de haut en bas du musée pour prendre les animaux qui avaient besoin d'être nettoyés.

— De haut en bas, répéta M. Strang. Et

ceci est l'étage le plus élevé du musée, n'est-ce pas ? Ainsi donc nous n'avons *pas* été les premiers ici. Cet employé est monté et est parti. Je pense, monsieur Albemarle, que pour emmener les animaux au sous-sol où il les nettoie il doit prendre l'ascenseur.

— Attendez un peu, dit Albemarle. Êtes-vous en train d'accuser ce vieil Ernie Frye ?

— Frye ? C'est le nom de cet homme ?

— Oui. Et il travaille dans ce musée depuis plus de vingt-cinq ans. Il prend plus de soin des objets exposés que bien des gens n'en prennent de leurs enfants. Personne ne pourra me faire croire qu'Ernie a volé...

— Vous avez dit que le masque avait une très grande valeur.

— Bien sûr qu'il en a. Mais Ernie ? Impossible ! En outre il n'était pas vraiment sur le palier. Il attendait dans l'ascenseur les choses à nettoyer que Talbot et moi lui amenions.

— Qu'a-t-on descendu en bas, monsieur Albemarle ?

— Voyons... laissez-moi réfléchir. Il y avait une coiffure en plumes et une robe en poil de lama. Je crois que Talbot a donné deux animaux. Je l'ai entendu remuer différentes choses une fois que j'ai eu regagné mon poste.

— Je vois. Je ne pense pas que vous ayez pu par hasard donner le masque avec les autres choses tout à fait par mégarde ?

Albemarle secoua la tête.

— Ernie m'a donné un reçu pour la coiffure et la robe, dit-il. Il aurait immédiatement repéré le masque si je l'avais eu. En outre, sept hommes travaillent avec lui au sous-sol. Un d'eux aurait certainement vu un objet aussi volumineux que le masque et en aurait parlé à Ernie.

M. Strang sourit.

— Très bien, dit-il. Nous pouvons donc éliminer M. Frye comme étant le voleur. Je le soupçonne pourtant d'avoir été le moyen dont on s'est servi pour faire disparaître le masque de cet étage.

— Mais comment l'a-t-on fait sans que personne ne puisse le voir ?

M. Strang prit Albemarle par le bras et le guida jusqu'à la salle des Mammifères. Là, d'un geste dramatique, il désigna la niche contenant l'opossum, le koala et le diable de Tasmanie.

— Remarquez l'espace vide entre le koala et le diable de Tasmanie, dit le professeur. Cet espace, d'environ un mètre, doit avoir contenu un des animaux que M. Talbot a fait descendre au nettoyage. Je suspecte cet animal d'avoir transporté le masque.

— Vous voulez dire que c'était quelque chose de vivant ?

— Ce serait difficile ! dit M. Strang. Mais ici, dans ce seul groupe, il y a un opossum d'Amérique du Nord et un koala qu'on trouve principalement en Australie. Puis vient l'espace vide de l'autre côté, le diable de Tasmanie. Il me paraît peu probable que ces trois animaux aient été placés ainsi au hasard. Ils doivent donc avoir quelque chose de commun même s'ils proviennent de différentes parties du monde.

— En commun ? Comment ça ? demanda Albemarle.

— Rappelez-vous ce que vous m'avez dit quand je vous ai interrogé sur la taille du masque. Vous m'avez dit que personne ne pourrait le dissimuler à moins d'avoir des poches d'une taille au-dessus de la normale. Savez-vous ce qu'est un marsupiau, monsieur Albemarle ?

— Non. Ici, c'est Talbot le spécialiste des animaux.

— C'est un animal qui a une poche pour transporter ses petits. Ou, si vous voulez, une poche d'une taille au-dessus de la normale. Ces trois animaux ici sont des marsupiaux, c'est leur trait commun et la raison pour laquelle on les a placés dans la même niche. Dites-moi maintenant quel autre animal ayant une poche irait dans cet espace vide ? Il doit être assez grand puisqu'il n'a pas de piédestal.

— Un kangourou ! s'écria Albemarle en faisant claquer ses doigts.

— Exactement... un kangourou. Un animal qui a presque la même taille qu'un homme adulte. Le seul animal possédant une poche assez grande pour contenir le masque.

— Et personne ne pouvait remarquer si le

masque était caché dans la poche, dit Albemarle. Mais dites donc, le seul qui a pu cacher le masque sans qu'on le remarque est...

— M. Talbot, répondit le professeur. Il a dû se glisser dans la salle Indienne au moment où vous étiez à l'ascenseur avec Frye. Après avoir ôté le masque du mur, il est revenu ici, l'a caché dans la poche du kangourou puis a transporté l'animal jusqu'à la porte de l'ascenseur. Vous ne vous êtes douté de rien parce que vous ne vous êtes pas aperçu que quelque chose manquait avant notre arrivée. Vous avez dit vous-même que, à part l'inspection que vous avez faite en prenant votre travail aujourd'hui, vous n'avez pas bougé de la porte d'entrée de la salle Indienne.

— Alors maintenant le masque doit être au sous-sol, dit Albemarle. Et Talbot va être obligé de le prendre avant que quelqu'un commence à nettoyer le kangourou.

— Si vous cherchez M. Talbot, dit Bradley Grier, qui se tenait à la porte d'entrée de la salle des Mammifères, il faut que vous vous dépêchiez. Il vient de descendre. Il a dit qu'il allait appeler la police et que nous devions attendre...

Albemarle très excité jetait des regards autour de lui, finalement il arracha un os crânien du squelette de l'âne sauvage. Brandissant l'os blanc au-dessus de sa tête comme s'il s'agissait d'un gourdin, il sortit en trombe et se précipita dans l'escalier en criant à Talbot de s'arrêter. M. Strang, beaucoup plus calme, arriva en haut des marches juste pour voir Talbot rattrapé par son poursuivant qui lui assena un coup d'os sur la tête.

Une demi-heure plus tard, le masque était retiré de sa cachette insolite. M. Strang, las, mais au comble de la joie regardait, en compagnie de ses élèves, Ernie Frye remettre en place le masque funèbre d'or étincelant sur le mur de la salle Indienne. Il sentit qu'on lui touchait légèrement le bras et se retourna vers M. Albemarle également rayonnant.

— Quelle journée ! dit le gardien. Pour un

professeur, vous êtes un fameux détective, monsieur Strang.

— Et vous, monsieur Albemarle, un véritable Samson, riposta le professeur.

— Samson ?

M. Strang désigna le morceau d'os qu'agrippait encore Albemarle.

— Le crâne de l'âne sauvage, dit le professeur. Samson n'a-t-il pas défait son ennemi avec une mâchoire d'âne ?

« Mr. Strang takes a field trip », de William Brittain

(Nouvelle publiée dans *Mystère magazine*, nº 255, mai 1969)
Traduit de l'anglais par Denise Baye.

M. Strang invente un surprenant stratagème

William Brittain

« Il faisait chaud pour le milieu du mois de mai », pensait M. Strang, debout en plein soleil, au seuil de l'entrée principale de l'École secondaire d'Aldershot. Par les fenêtres ouvertes, il pouvait entendre le bourdonnement des voix venant des classes situées sur la façade de l'immeuble.

— Ne vous faites pas remarquer, lui avait dit M. Guthrey, le principal.

Le vieux professeur de sciences se demandait comment passer inaperçu avec la sueur coulant de son front chauve et embuant ses verres épais.

— Attention ! cria quelqu'un.

M. Strang fit un pas de côté au moment où Warren Seabert, le nouveau jeune entraîneur de base-ball, surgissait de la porte, portant sur une épaule un gros sac bosselé duquel jaillissaient plusieurs manches de crosses de base-ball.

— Excusez-moi, monsieur Strang, haleta Seabert. Nous devons aller jouer à Farley Ridge cet après-midi et je dois mettre ça dans ma voiture.

— Que se passe-t-il, le car de votre équipe est-il accidenté ? demanda le professeur.

— Non, mais j'aime avoir une voiture à chaque déplacement en cas d'urgence. Et la mienne est la seule disponible.

Et, saluant de sa main libre, l'entraîneur se dirigea rapidement vers le break bleu qui était parqué le long du trottoir.

Il revint peu après, sa chemise de sport tachée de sueur, et se laissa tomber sur les larges marches de pierre de l'escalier. Avec un craquement de ses vieilles articulations, M. Strang prit place à ses côtés. Le vieux professeur aimait Warren. Pas beaucoup plus grand que M. Strang lui-même, le nouvel entraîneur avait un nez cassé, une touffe de cheveux d'un rouge flamboyant, qui couronnait sa tête comme une oriflamme sur la tourelle d'un château, et des façons d'être simples et ouvertes que M. Strang trouvait rafraîchissantes.

— Le soleil tape dur, dit Warren en s'essuyant le front. Allons à l'intérieur, il y fait plus frais.

— Je ne peux pas, répondit le vieux professeur. Je suis en service commandé.

— Service ? Quel service ? C'est l'heure du déjeuner et toute l'activité se trouve actuellement derrière, sur le terrain de sport.

— N'avez-vous pas entendu parler de la patrouille antivol de M. Guthrey ?

— Patrouille antivol ?

Warren leva les sourcils.

— Quelle patrouille ? Vous me faites marcher !

— Non. Aussi stupide que cela puisse paraître, je ne plaisante pas. Plusieurs articles ont été volés dans cette maison et...

M. Strang se tut car la porte d'entrée s'ouvrait : Mary Dakin, une étudiante de troisième année de chimie, en sortait. Accroché à son bras pendait un grand sac à provisions.

— Hello ! Mary, dit le professeur. Vous allez déjeuner à la maison ?

— Oh ! c'est vous, monsieur Strang. Oui, j'en ai l'intention. (Elle indiqua son sac avec un geste de la tête.) Je dois porter ça à la maison aujourd'hui et j'ai un rendez-vous après le cours.

Comme elle poursuivait son chemin, M. Strang se leva rapidement.

— Mary ?

Lentement la jeune fille se retourna. Ses épaules s'affaissèrent et elle eut une moue de dégoût.

— Monsieur Strang, vous n'êtes pas dans cette histoire, également ?

— Si, Mary, je le crains. Puis-je voir le contenu de votre sac, s'il vous plaît ?

— Oh ! c'est juste un petit travail que j'ai fait pendant la classe de couture.

Elle regarda le jeune entraîneur et ses joues s'empourprèrent.

— Je suis certain que vous dites vrai, mais je dois vérifier tous les sacs. Vous comprenez, n'est-ce pas ?

— Mais vous savez bien que je ne...

D'un seul coup, elle jeta brutalement le sac au professeur.

— Très bien... Le voilà... cria-t-elle presque en larmes. Vérifiez à votre aise... Je n'ai jamais été aussi vexée de toute ma vie.

Avec répugnance, M. Strang commença à sortir les objets contenus dans le sac : un tablier. Une blouse paysanne. Et, alors, il entendit Warren rire sous cape quand il retira deux paires de mini-culottes rose bonbon.

La jeune fille éclata en sanglots. Saisissant ses lingeries, elle les fourra dans son sac et descendit les marches en courant.

M. Strang resta au côté de Warren, souhaitant que la terre s'ouvre pour l'engloutir.

La patrouille antivol de Marvin W. Guthrey avait encore fait des siennes.

— Je ne me soucie pas du motif, monsieur Strang. C'est gênant pour les jeunes et ce n'est pas juste !

À la fin du jour, Kenneth Byington, le président du Conseil des étudiants de l'École secondaire d'Aldershot, avait insisté pour voir M. Strang personnellement.

— Oh ! nous ne vous blâmons pas, continua-t-il, mais est-ce juste que chaque étudiant sortant de l'école avec un paquet doive être fouillé ? Je me demande quel genre d'établissement vous tenez ici ?

— J'ai essayé de soulever cette objection avec M. Guthrey, quand il parla de créer cette patrouille antivol, Kenny, répondit le professeur. Il ne voyait pas d'autre solution à ce problème.

— Mais ce n'est même pas légal !

Kenneth se tut et regarda M. Strang bien en face :

— Le pensez-vous ?

— D'après M. Guthrey nous sommes dans nos droits aussi longtemps que nous ne formulons aucune accusation et ne fouillons pas ceux qui s'y refusent.

— Bien sûr, bien sûr, répondit Kenneth sarcastique. Et tous ceux qui refusent de montrer au professeur le contenu de leur paquet sont automatiquement considérés comme coupables ? N'est-ce pas ?

— Kenny, vous ne réalisez pas la situation...

— Allons, monsieur Strang. Des choses sont volées dans cette école et le coupable doit forcément les sortir d'ici. C'est ainsi que vous vous figurez l'affaire ? Aussi, au lieu de chercher vraiment le responsable, vous nous faites tous passer pour des voleurs. Mary Dakin a pleuré tout l'après-midi, simplement parce que quelqu'un a chipé quelques crayons de couleur ou quelque chose d'analogue.

— C'était plus que des crayons de couleur, fit une voix venant de la porte de la classe.

Kenneth et M. Strang tournèrent la tête.

— Oh ! dit Kenneth suavement. Hello ! monsieur Guthrey.

— Bonjour, Kenneth, répondit le principal avec un léger salut. J'ai entendu que vous aviez l'intention de voir M. Strang cet après-midi et, comme l'idée de la patrouille était de moi, j'ai pensé qu'il valait mieux que je réponde à vos questions personnellement. Je préfère commencer par vous dire qu'au début M. Strang était contre la fouille des étudiants. Il l'a fait uniquement parce que c'étaient mes ordres.

— Mais pourquoi ? demanda Kenneth avec hésitation. Pourquoi faire tant de bruit au sujet de quelques petits objets disparus ?

— Le mois dernier, commença vivement Guthrey, quelqu'un ouvrit quatre colis de livres laissés à la porte de notre bibliothèque. Il prit dix-sept volumes. La plupart étaient des romans à succès, mais parmi eux, il y avait un livre de reproductions en couleurs de vieilles cartes qui valait au moins vingt-cinq dollars. Quelques jours après, la même personne, du moins nous supposons que ce fut la même, vida complètement un placard fermé à clé contenant des fournitures destinées au laboratoire de physique. Deux semaines plus tard, dans le hall du fond, douze boîtes contenant au total une grosse centaine de rubans à machine disparurent. Et, aujourd'hui, je viens de l'apprendre, il y a une heure, dans la cafétéria, deux cartons de conserves de fruits au sirop ont été ouverts et toutes les boîtes enlevées. Nos pertes, dans l'ensemble, s'élèvent à près de quatre cents dollars.

Guthrey traversa la pièce et s'installa dans un des fauteuils.

— Ainsi, vous voyez, Kenneth, conclut-il, ce n'est pas un petit chapardage. Et dans le prochain mois avant les vacances, que va-t-il encore disparaître ? (Il eut un petit rire triste.) Je jure que je m'attends presque — et à n'importe quel moment — d'apprendre que tous les instruments du laboratoire de chimie ont disparu également !

— Et le seul moyen que vous avez trouvé pour pincer votre voleur est de fouiller tous ceux qui sortent d'ici avec un paquet ? demanda Kenneth.

— Ken, ce sont les contribuables qui vont devoir payer la facture, répliqua Guthrey. Je peux ajouter que le P.T.A. * est absolument d'accord avec mon idée de patrouille. Mais si vous trouvez un meilleur moyen, je serai très heureux de vous entendre.

Kenneth secoua la tête lentement.

— Je ne suis pas policier. Seulement je ne trouve pas juste que tout le monde soit ennuyé à cause d'une seule personne.

— Alors, dit Guthrey de son ton le plus raisonnable, que feriez-vous à ma place ?

— Je n'en sais rien, mais il faut que ça cesse. Écoutez, monsieur Guthrey, pourquoi soupçonner seulement les étudiants ? Je suis désolé si je parle à contretemps, mais comme je le disais à M. Strang, ce n'est pas juste.

— Je ne comprends pas très bien ce que vous voulez dire, Kenneth.

* Sigle pour : Professors Teachers Association. (N.d.T.)

— Moi, je comprends, interrompit M. Strang. Deux mille étudiants viennent ici chaque jour ouvrable. Nous leur disons qu'ils doivent être fouillés s'ils emportent quoi que ce soit chez eux, comme si nous étions une institution pénitentiaire au lieu d'une école. D'un autre côté, que faisons-nous au sujet des autres personnes qui entrent et qui sortent de cet immeuble ? Les gardiens, les représentants, les livreurs ? Nous n'insistons pas pour qu'ils soient fouillés avant de partir.

— Mais les étudiants sont...

— Bien sûr, dit M. Strang avec une cruelle ironie, ce sont des enfants. Qui s'occupe de leurs droits et de leurs sentiments ?

— Monsieur Strang ! s'indigna Guthrey. Suggérez-vous que les visiteurs, parents inclus, doivent être soumis à la fouille ?

— Ce serait équitable, répondit joyeusement le professeur. Rappelez-vous que votre patrouille opère depuis trois semaines sans aucun résultat. Et il y a une chose de plus.

— De quoi s'agit-il, monsieur Strang ? demanda Guthrey.

— N'oubliez pas les professeurs et les membres de l'administration.

Il pointa un doigt en direction du principal.

— Vous inclus, monsieur Guthrey.

— Mais vous ne pouvez pas... Je veux dire, je ne peux pas...

Guthrey, irrité, se leva.

— Et alors qui ferait la fouille ? demanda-t-il.

— Oui, c'est un problème, n'est-ce pas ? La chose en elle-même ainsi que la patrouille sont ridicules. Aussi, j'aimerais vous faire une proposition, monsieur Guthrey.

— Quelle proposition ?

— Vous cessez cette patrouille à partir de demain matin, et je vous garantis de découvrir votre voleur en deux semaines.

— Vous ? Mais nous avons même eu la police ici ! Que pouvez-vous ?

M. Strang leva son pouce en direction de son étroite poitrine.

— Je ne suis pas la police, dit-il.

— Je ne sais pas, Léonard. J'admets que

vous avez réussi à éclaircir quelques affaires ici, mais pour le cas présent, je ne sais quoi vous dire. Comment pensez-vous procéder ?

— Secret professionnel, dit M. Strang très sérieusement.

— Deux semaines, avez-vous dit ?

Guthrey observait le vieux professeur, qui essuyait ses lunettes avec sa cravate tachée d'acide.

— Je suppose que cela arrangerait mes affaires avec les étudiants. Très bien, Léonard. Mais rappelez-vous que si vous n'avez pas découvert le voleur dans deux semaines, je vous tiendrai personnellement responsable de tout ce qui sera volé dorénavant.

Guthrey sortit fièrement du bureau, laissant le professeur méditer sur cette flèche du Parthe.

— Eh bien, monsieur Strang, dit Kenneth avec admiration, c'était magnifique. Vous êtes vraiment quelqu'un ! Je ne me doutais pas que vous aviez un plan. Dites-moi, comment allez-vous découvrir le coupable ?

— Kenny, répondit le professeur, hochant

la tête tristement, je n'en ai pas la moindre idée.

À ses moments perdus pendant le reste de la semaine, M. Strang réfléchissait au problème qu'il s'était imposé. Épier le voleur était hors de question, il y avait trop de halls, de magasins, d'encoignures et de placards. Pendant un instant, il envisagea de saupoudrer tous les paquets de bleu de méthylène ou de violet de gentiane. Ces préparations chimiques auraient taché de couleur brillante les mains du voleur et chaque tentative de lavage aurait simplement étendu les taches. Malheureusement aucun de ces produits chimiques n'était sélectif et ils pouvaient teinter aussi les mains de ceux qui avaient le droit de toucher aux colis.

Le vendredi, dans l'après-midi, le professeur ne possédait que deux faits lui permettant d'exercer ses facultés déductives. Premièrement, les vols avaient lieu à des intervalles très irréguliers depuis la première semaine d'avril. Deuxièmement, tous les articles dérobés étaient d'une vente facile à l'extérieur de l'école. Rien ne pouvait prouver leur origine.

La clé du mystère résidait dans leur escamotage. Comment avait-on pu subtiliser livres, rubans de machine et conserves de fruits au nez et à la barbe de tous ?

« J'aimerais bien inventer un système qui permettrait à un objet de hisser un drapeau rouge et de clamer "Stop ! Voleur !" au moment de son rapt », méditait le professeur.

Cet après-midi-là, comme il allait au bureau pour y pendre ses clés avant de rentrer chez lui, M. Strang regarda nonchalamment le bulletin des nouvelles hebdomadaires affiché près du tableau de services. Offres de travail pour les mois d'été, annonces de classes de vacances, tableau des sports d'été, nouvelles instructions pour les exercices d'incendie, l'heureuse naissance du bébé d'un des professeurs de langues étrangères, tous ces papiers soigneusement imprimés ou tapés à la machine étaient le journal très à jour des affaires de l'École secondaire d'Aldershot.

Soudain quelque chose attira l'attention

de M. Strang. Essuyant ses lunettes avec la pochette de son veston, il les percha sur son nez et étudia attentivement une des annonces. Il la relut deux fois et inscrivit quelque chose rapidement sur un petit carnet.

— Astéroïde*, murmura-t-il.

Dans le parking du collège, il frappa du pied furieusement les pneus avant de sa vieille voiture rouge avant de s'y installer.

Quoique sa découverte lui fût douloureuse, il savait maintenant qui était le voleur et comment il s'y prenait pour sortir son butin de l'immeuble, mais comment le prouver ?

Ce soir-là, dans sa petite chambre de la pension de famille de Mme Mackey, M. Strang fit plusieurs versions assez grossières d'une sorte de projet qui ressemblait sur le papier à une émanation de science-fiction. Il ne savait pas si ça pouvait marcher ou même si la construction en était

* Ici il faut comprendre : la difficulté à découvrir les petites planètes du même nom. (N.d.T.)

possible, mais il avait l'intention de s'en assurer.

Le matin suivant, M. Strang se rendit au magasin des « surplus de guerre » d'Aldershot, en bordure du quartier commerçant, et passa plus d'une heure à errer parmi les étagères remplies de vestes d'uniforme, de casques, d'outils, de vieilles épées, de couteaux et de tous les autres objets que les militaires, dans leur sagesse, avaient décidé de ne plus utiliser. Finalement, il découvrit ce qu'il cherchait. Le prix surpassait celui qu'il s'était fixé, mais si son stratagème fonctionnait, il lui serait possible de se faire rembourser par l'école.

Sa seconde visite fut pour une construction en briques, peu élevée, surmontée du signe : « Magasin de Machines et Outils de Tommy ». Thomas Mulvahey, le propriétaire et seul ouvrier de cet établissement, leva la tête de la fraiseuse sur laquelle il travaillait quand M. Strang entra.

— Hello ! monsieur Strang, dit-il en essuyant ses mains huileuses sur un chiffon. Qu'est-ce qui vous amène par ici ?

— Je veux que vous me fabriquiez quelque chose, Tommy, répondit le professeur.

Il lui montra le croquis qu'il avait dessiné et lui expliqua l'usage qu'il voulait en faire.

— Pouvez-vous l'entreprendre ?

— Hum ! Ça ne doit pas être trop difficile. J'ai un vieux mécanisme d'horlogerie dans la pièce du fond dont je pourrai me servir. Pour quand vous faut-il cet appareil ?

— Aussitôt que possible. Lundi matin peut-être ? Et puis, Tommy...

— Oui, monsieur Strang.

— Pour le paiement, dit le professeur, je ne peux me permettre...

— N'en parlons pas, répliqua le mécanicien. Le travail vous sera offert par la maison.

— Voyons, je n'ai pas voulu dire...

— Monsieur Strang, il y a deux ans, mon gosse Joey était faible en physique, vous êtes venu chez moi, pendant trois longs mois, pour servir de répétiteur et tout ce que vous avez accepté en échange, c'est une tasse de café et des biscuits. Je ne pouvais pas payer un professeur privé et pourtant vous avez accepté quand même. Je me suis longtemps demandé comment je pourrais vous rembourser et vous m'en donnez l'occasion.

— Merci, j'accepte. J'espère que ce ne sera pas trop difficile de réussir ce que j'ai en tête.

— C'est du gâteau, sourit Tommy. J'apporterai le tout chez vous demain après-midi.

Le lundi matin, M. Strang arriva à l'école une heure plus tôt que d'habitude. Du siège arrière de sa voiture, il sortit une boîte en carton. Il la confia au bureau du gardien, lui donnant instructions de déposer cette boîte à la porte de sa classe, le mercredi suivant vers 10 h 15.

Le mercredi, à 10 h 12, la boîte était en place. La classe était vide puisque M. Strang donnait son cours dans une étude à l'autre extrémité du bâtiment.

Le même jour, à 14 heures, M. Strang demanda au principal la permission d'organiser une réunion de tous les professeurs sitôt les étudiants partis. L'avis de cette réunion fut lu immédiatement sur le réseau de haut-parleurs de l'école.

À 14 h 20, Art Mickel, président de l'Association des enseignants d'Aldershot, était à la porte de M. Strang.

— Léonard, glapit-il quand M. Strang ouvrit la porte, dès que j'ai eu connaissance de votre communication, je suis allé voir M. Guthrey. Je lui ai dit qu'il n'a pas le droit d'organiser une réunion à si court délai. Il m'a répondu que c'était vous qui le désiriez.

— C'est exact. Je l'ai demandé, répondit M. Strang.

— Mais vous ne le pouvez pas. Vous savez que le mardi est supposé être le jour des réunions. Et de plus, Guthrey m'a dit que personne, absolument personne, ne doit manquer votre réunion.

— C'est aussi exact.

— Alors, soyez raisonnable ! Les équipes de tennis et de base-ball doivent jouer aujourd'hui, et la classe de *casuistique* doit avoir lieu sitôt après les cours. En plus, certains des professeurs ont aussi des cours universitaires auxquels ils doivent absolument assister. Vous avez choisi un bien mauvais moment pour cette réunion, avouez-le.

— Art, vous me connaissez depuis de longues années. Ceci est très important, sinon je ne l'aurais pas demandé à M. Guthrey. Croyez-moi sur parole quand j'exige que tous les membres de la faculté soient présents.

Mickel interrogea M. Strang du regard.

— Je pourrais déposer une plainte, vous savez.

— Faites-le, Art, mais je vous conseille de vous en abstenir.

Mickel resta silencieux un long moment :

— Vous savez bien que je ne ferai jamais une chose pareille. Mais, Léonard, votre convocation doit vraiment donner un résultat étonnant, sinon vous aurez tous les professeurs contre vous.

— Laissez-les crier, Art. Je ne vous demande que de les réunir tous.

À 15 h 30, l'auditorium de l'École secondaire d'Aldershot réunissait plus d'une centaine d'enseignants grincheux. Le micro fit deux couacs pendant qu'on ajustait l'amplificateur et, enfin, Marvin W. Guthrey se leva et prit la parole :

— Je sais que le fait de nous réunir actuellement présente un inconvénient, commença-t-il. (Il y eut des murmures d'approbation.) Franchement, je suis aussi déconcerté que vous. Ainsi que vous le savez tous, il y a eu des vols de matériel et de provisions dans cet immeuble, et M. Strang a pris la responsabilité d'enquêter à ce sujet. Je crois comprendre qu'il a organisé cette réunion pour nous faire un rapport sur ses progrès dans cette affaire.

— Combien de temps allons-nous rester ici ? cria une voix.

— Je pense que je vais laisser M. Strang répondre à cette question, dit Guthrey.

Le professeur se leva et se dirigea vers le micro :

— Je comprends votre ennui d'être obligés d'assister à cette réunion. Aussi, je vous promets qu'elle ne durera pas plus d'une demi-heure et peut-être moins.

Il y eut des applaudissements polis.

— Vous êtes tous au courant des vols qui se sont produits ici... Pendant un certain temps nous avons fouillé les étudiants espérant trouver une trace des produits volés. Mais le président de l'association des étudiants a soulevé un point que je n'avais pas envisagé.

— Quel point ? demanda Steve Weissman, le prof de math.

— Il a demandé pourquoi nous ne fouillions que les étudiants et non tous les autres.

— Ce garçon est un insolent, cria quelqu'un.

— Non, il ne l'est pas, dit M. Strang en secouant la tête. Vous voyez, nous avons tous présumé qu'un étudiant devait être le coupable, mais nous n'avions aucune preuve, sauf notre idée préconçue. C'est seulement quand j'ai commencé à considérer le fait que n'importe qui, étudiant ou professeur, pouvait l'avoir fait que j'ai découvert une piste.

— Essayez-vous de nous dire, commença

Art Mickel, les yeux lançant des flammes, qu'un enseignant pouvait être coupable ?

— Pourquoi pas, Art ? Quatre cents dollars est une somme importante.

— Un professeur l'a-t-il fait, Léonard ? insista Mickel, et pouvez-vous le prouver ?

— Je le pense, pour la première question, répondit M. Strang, et je l'espère pour la seconde.

— O.K., je marche. Comment ce professeur inconnu a-t-il pu sortir la marchandise de cet immeuble ?

— Cela m'a embarrassé longtemps, Art, mais j'ai fini par penser à quelque chose. Les rubans à machine, par exemple, ont été volés totalement, avec leur emballage, tels qu'ils arrivèrent de l'usine ; par contre les livres et les conserves ont été sortis de leurs cartons. Pourquoi ?

Cent vingt-trois professeurs se penchèrent en avant.

— Il m'a paru qu'une seule explication était bonne, continua-t-il. Les rubans étaient dans de petites boîtes, mais les cartons de livres et de conserves étaient très grands. Notre voleur possédait un récipient pour sortir ses larcins, mais ce récipient devait être assez spacieux pour contenir tous les objets dérobés. Les paquets trop gros devaient, néanmoins, être fragmentés en petites unités. Cela me suggéra que le sac était vaste mais que son embouchure devait être étroite.

Un murmure d'assentiment passa dans la salle.

— Ça ne prouve toujours pas la culpabilité d'un enseignant, Léonard ? demanda Mickel.

— Non, naturellement non, agréa rapidement M. Strang. Mais, m'occupant spécialement du matériel pris dans le placard verrouillé, je compris qu'il avait fallu une clé et que les clés étaient entre les mains des professeurs et non des étudiants.

— Hé ! une minute !

Les têtes se tournèrent vers James Whitiker, chargé du département d'éducation physique d'Aldershot, qui se levait de son siège. C'était un homme énorme, avec une épaisse chevelure grisonnante sous laquelle son visage renfrogné semblait taillé dans le granit.

— Oui, Jim, demanda M. Strang.

— Je n'aime pas du tout la tournure que prend cette réunion. D'abord il n'est pas impossible qu'un étudiant puisse s'emparer de la clé de ce placard. Ensuite, vous accusez un membre de mon département d'être le voleur parce que nous sommes les seuls à posséder les clés de ce placard.

M. Strang regarda à ses pieds.

— Je ne crois pas que ce soit ma place d'accuser qui que ce soit, Jim. Je vous ai seulement présenté les faits de manière que vous puissiez en juger par vous-même.

— Ne jouez pas avec les mots, Léonard, grinça Whitiker hargneux. Qui soupçonnez-vous ?

— Jim, répondit M. Strang d'une voix si basse que ses auditeurs durent tendre l'oreille, vous êtes-vous rendu compte que chacun de ces vols avait lieu les jours où l'équipe de base-ball jouait un match à l'extérieur ? J'ai vu les horaires sur le bulletin officiel. La concordance entre les dates des matches et celles des vols ne pouvait m'échapper.

— Bon, bien sûr, mais comment notre mystérieux larron sortait-il les objets ? Les cachait-il dans une crosse de base-ball ?

— Je crois qu'il les cachait dans ce grand sac de molleton, celui dont se sert Warren Seabert. Après tout, personne ne peut trouver étrange de le voir avec ce sac les jours de compétition. Et l'étroite embouchure de ce récipient explique pourquoi les cartons des livres et conserves devaient être ouverts.

— Mais Warren ne se serait-il pas aperçu du poids supplémentaire. Expliquez-nous cela, monsieur le Détective ?

— Il aurait pu, mais s'il était le voleur, il n'en aurait pas tenu compte, dit M. Strang, essuyant son front moite de sueur. Et une fois ses larcins dans sa voiture, il pouvait les cacher n'importe où avant d'aller jouer.

— Eh ! arrêtons-nous là et expliquons-nous correctement !

Warren Seabert s'était levé précipitamment de sa chaise.

— Laissez-moi comprendre ce que vous

affirmez. Prétendez-vous, devant tout le monde, que je suis le voleur ? Si oui, je vais monter sur l'estrade et vous casser...

— Un moment, je vous prie, dit le professeur. Warren, en sciences nous commençons toujours par l'hypothèse... la théorie. Mais aucune théorie, même celle qui implique que vous seriez un voleur, ne peut être acceptée sans preuve. Aussi, j'ai décidé de procéder à une petite expérience.

— Vraiment ? Quelle sorte d'expérience ?

— Je vais faire au coupable une offre qu'il ne peut me refuser.

Cette phrase tirée de *The Godfather* * amena quelques rires. D'autres, par contre, n'étaient pas amusés du tout. C'est tellement rare d'entendre un professeur en accuser un autre.

— Aujourd'hui, continua M. Strang, il y a un match de base-ball à l'extérieur. Ce matin, j'avais fait déposer une boîte devant ma porte. Une inscription indiquait qu'elle contenait des « Extincteurs d'incendie ». Le

* Titre anglais du livre *Le Parrain*. (N.d.T.)

carton avait une taille permettant d'y mettre quatre de ces petits extincteurs rouges que nous avons dans les laboratoires, le genre de ceux qui peuvent être facilement vendus à des particuliers. Non seulement l'emballage était fermé hermétiquement comme s'il venait de l'usine, mais c'était assez petit pour être logé dans votre sac de molleton sans l'ouvrir. Je m'en suis assuré.

— Et alors ?

— Alors, ce matin, pendant une de mes absences, la boîte a été volée.

— Je vois, dit Warren en menaçant M. Strang de son index, vous voulez fouiller ma voiture et regarder dans mon sac, hein ? Eh bien, non, monsieur Strang, mon break est verrouillé et il le restera.

— Ce ne sera pas nécessaire d'ouvrir votre voiture, Warren.

— Quoi ?

— La semaine dernière, je cherchais un moyen pour qu'un colis puisse appeler « au secours » quand il était dérobé. Je l'ai trouvé. La boîte devant ma porte ne contenait pas d'extincteurs.

— Ah ! Quoi alors ?

— Samedi, lui expliqua M. Strang, je me suis arrangé pour faire fabriquer un appareil assez bizarre. C'est une soupape. Elle est actionnée par un ressort d'horlogerie. Sans entrer dans tous les détails, laissez-moi vous dire que cette soupape est réglée pour s'ouvrir à n'importe quel moment fixé à l'avance. C'est vraiment très ingénieux !

— Je ne vois pas encore comment ça peut prouver que je...

— La soupape, Warren, était à l'intérieur de la boîte, branchée sur une petite bouteille d'air comprimé. L'autre côté est attaché à un radeau de sauvetage en caoutchouc gonflable, venant des surplus. À l'état brut, il tient facilement dans la boîte, mais, gonflé, il mesure à peu près quatre pieds sur six.

À ce moment-là, M. Strang avait obtenu l'entière attention de tout l'auditoire.

— Et la soupape a dû s'ouvrir, continua-t-il en consultant sa montre, il y a un quart d'heure.

Guthrey sauta sur ses pieds.

— Voulez-vous nous dire, monsieur Strang,

que si quelqu'un a volé votre boîte, il a actuellement un canot de sauvetage dans sa voiture ?

Le professeur acquiesça :

— Je pense que nous pouvons en être certain, si, toutefois, Tom Mulvahey a construit la soupape correctement. Allons tous le vérifier.

Presque comme un seul homme, l'assemblée sortit de l'auditorium et se précipita hors du bâtiment vers l'endroit où Warren Seabert avait parqué son break. Une femme portant un filet à provisions était debout à côté du véhicule, regardant avec incrédulité à travers la vitre.

— Je passais, dit-elle, les yeux agrandis de surprise, quand j'ai vu cette grosse chose jaune qui sortait de cette petite boîte brune.

Le canot en toile caoutchoutée gisait, remplissant complètement l'arrière de la voiture. En grossissant, il avait coincé le sac de molleton contre la vitre et les spectateurs pouvaient constater qu'une couture du sac avait éclaté.

M. Strang remarqua Whitiker dont les

yeux allaient du contenu de la voiture au visage rouge et bouleversé de Warren Seabert.

— Pourquoi, Warren ? disait le chef du Département de l'Éducation. J'étais tout prêt à prendre votre défense contre vents et marées, mais vraiment ce maudit canot de sauvetage ne peut passer inaperçu. Pourquoi avez-vous fait ça ?

— Pour manger. Pour de l'argent. Avez-vous jamais essayé de joindre les deux bouts avec un salaire d'enseignant débutant ?

Whitiker regarda les membres assemblés de l'École secondaire d'Aldershot.

— Oui, dit-il sans émotion. Nous l'avons tous fait. Cela fut difficile parfois, mais aucun de nous n'a jamais pensé que le vol fût une solution.

M. Strang sentit que quelqu'un le tirait par la manche. C'était la femme au filet à provisions qui avait été la première à découvrir le canot dans la voiture.

— Quelle chose étrange, balbutia-t-elle. Supposez-vous que ce soit une sorte d'antivol ?

— Non, répondit le professeur. Je penserais plutôt à une nouvelle sorte de système d'alarme.

« Mr. Strang invents a strange device », de William Brittain

(Nouvelle publiée dans *Mystère magazine*, n° 311, janvier 1974)
Traduit de l'anglais par Irène H. Perrée.

L'improbable vérité

Béatrice Nicodème

Béatrice Nicodème est née en 1951 et a gardé de ses lectures d'enfance la passion du roman policier. Maquettiste dans la presse enfantine, elle a commencé par publier des romans policiers pour adultes en 1987 chez différents éditeurs, dont un excellent pastiche de Conan Doyle : Défi à Sherlock Holmes, *avant de s'établir aux éditions du Masque, où elle a publié des romans de suspense psychologique (*La Tentation du silence, La

Mort au doux visage*) et des romans policiers historiques (*Les Loups de la terreur, La Mort du loup blanc, *etc.)*

En 1992, elle a débuté une série mettant en scène le personnage de Wiggins, le chef des Baker Street Irregulars, *une bande de gamins délurés des rues de Londres auxquels Sherlock Holmes fait parfois appel ; elle en a fait le héros de romans policiers pour la jeunesse :* Wiggins et le perroquet muet, Wiggins et la ligne chocolat, Wiggins et Sherlock contre Napoléon, Wiggins chez les Johnnies, Un rival pour Sherlock Holmes, Wiggins et les plans de l'ingénieur.

Elle a publié d'autres romans policiers pour la jeunesse : Le Mystère des doubles fonds, Un détective de mauvais poil, Y a-t-il un assassin dans l'immeuble ? *et des recueils d'énigmes :* Les Énigmes de Futékati.

Elle est enfin l'auteur d'une étude : Le roman policier : bonne ou mauvaise lecture ? *aux éditions du Sorbier.*

On ne s'étonnera pas de retrouver dans la nouvelle qui suit l'un de ses personnages fétiches...

Je déteste les livres.

Les romans, surtout. Les romans policiers en particulier. S'ils n'existaient pas, Alice ne se serait pas mise du jour au lendemain à considérer mes jeux vidéo comme des distractions pour débile mental, elle continuerait à faire du vélo et à jouer au foot avec moi. Et je n'entendrais pas répéter du matin au soir : « Laisse ta sœur tranquille ; elle, au moins, elle lit ! »

À qui la faute ? à un écrivain écossais, un certain Sir Arthur Conan Doyle. Un moustachu qui a imaginé des aventures se déroulant à la fin du XIXe siècle, dans lesquelles un détective soi-disant génial résout les énigmes les plus tordues par la seule force de son raisonnement. Il s'agit bien sûr du célèbre Sherlock Holmes. Du jour où elle a découvert ce type, Alice est devenue une sorte de zombie qui ne lève le nez de ses livres que pour me balancer d'un ton dédaigneux : « Tu vois mais tu n'observes pas », « Je déteste la routine de l'existence », ou encore : « Rien n'est petit pour un grand esprit. »

Malgré tout, la nouvelle idée fixe de ma sœur n'a pas que des inconvénients. En participant au concours Sherlock Holmes organisé par un magazine, Alice a gagné un week-end à Londres, et nos parents ont accepté qu'elle m'emmène avec elle.

Au rendez-vous, sur le quai de l'Eurostar, nous avons retrouvé trois autres fous de Sherlock : un vieux grincheux qui parlait tout seul en riboulant des yeux et en faisant des moulinets avec sa canne, une femme dont la bouche semblait trop petite pour contenir toutes ses dents, et un journaliste à l'air supérieur. Frédéric, notre accompagnateur, avait l'air à peu près normal.

À peine arrivés à Waterloo Station, le marathon a commencé.

Lorsqu'on va à Londres, on s'attend à aller saluer la reine à son balcon, à assister à la relève de la garde et à se balader en bateau sur la Tamise. Sauf que ces plaisirs-là sont réservés aux touristes, et que nous, nous étions venus en pèlerinage.

Nous avons donc sillonné la capitale britannique au pas de course. Pour admirer quoi ? La station de métro où Sherlock Holmes a trouvé un cadavre... Le bureau de tabac où Sherlock Holmes achetait ses pipes... Le toit d'où une tuile est tombée sur la tête géniale du détective... La rue où... La gare où... La porte cochère où... Autrement dit, rien d'intéressant. Des endroits où il ne s'est jamais rien passé, sauf pour un personnage d'encre et de papier qui n'a jamais existé.

En fin d'après-midi, Frédéric nous a enfin annoncé qu'il nous emmenait dans un pub près de Trafalgar Square. J'allais enfin avoir un moment pour compter les ampoules que j'avais attrapées aux pieds. Avec un peu de chance, on me laisserait même peut-être le temps de boire un jus de fruits ou de prendre une glace.

En arrivant devant le pub, j'ai compris pourquoi on avait droit à une pause. Le pub en question s'appelait *Pub Sherlock Holmes* !

Les portraits du détective et de ses copains étaient gravés sur les vitres, et des objets sans intérêt mais rappelant ses exploits imaginaires étaient exposés sur les murs et dans des vitrines. À l'étage, à côté de la minuscule pièce servant de restaurant, on avait reconstitué le salon du détective.

— On s'y croirait ! s'est exclamée la femme aux innombrables dents.

J'ai failli lui demander si elle avait connu le grand homme en chair et en os. Surtout en os, d'ailleurs, à en juger par les gravures affichées au mur. Vu la maigreur du bonhomme, je suppose qu'il vivait de logique et d'eau fraîche.

Malgré tout, la visite m'a bien plu. Il se dégageait de cette pièce une atmosphère assez envoûtante, comme si quelqu'un y avait réellement vécu, avait lu ces vieux journaux empilés près de la cheminée, pris son thé sur le plateau couvert de taches, jeté les cendres de sa pipe dans le cendrier, joué sur le violon qui était posé dans un coin. Dans ce salon, j'ai soudain ressenti un léger frisson, et je n'étais sans doute pas le seul, car le vieux grincheux lui-même n'ouvrait plus la bouche. La dame pleine de dents, en revanche, était tellement excitée qu'elle n'arrêtait pas de jacasser.

L'autre bonne surprise de la journée, c'est qu'on a dîné dans la pièce voisine et que le repas a été plutôt sympa. Le vieux bonhomme était trop occupé à dépiauter sa sole pour rouspéter, la femme a raconté quelques bonnes histoires qui n'avaient rien à voir avec Sherlock, et le journaliste a daigné la laisser parler. Un sourire béat sur les lèvres, Alice avait l'air de planer dans un rêve.

Les choses se sont de nouveau gâtées le lendemain matin. Frédéric est arrivé à la table du petit déjeuner avec la tête de quelqu'un qui a appris une catastrophe.

— Le patron du pub vient de me téléphoner, nous a-t-il expliqué d'une voix mourante. L'archet a disparu.

Il parlait de l'archet du violon. Du violon du détective, bien entendu.

— Je vous rassure, a très vite ajouté Frédéric, le patron affirme qu'il ne soupçonne aucun d'entre nous... Mais il a tout de même éprouvé le besoin de me téléphoner, ce qui est significatif. C'est extrêmement gênant ! Si seulement on pouvait retrouver l'archet... Je propose qu'on essaie de résoudre cette énigme en appliquant les méthodes du grand détective. Peut-être l'un de vous a-t-il observé un détail insolite dont l'importance lui aura échappé sur le moment ?

— C'est d'une simplicité enfantine, a décrété le journaliste. Il suffit de reconstituer minute par minute...

Il en avait assez dit. Ces malades allaient rester enfermés toute la matinée à se creuser les méninges. Qu'ils ne comptent pas sur moi ! J'ai profité de ce que ma sœur était aux prises avec son bacon pour filer discrètement.

Dans la brume du matin, les rues de Londres m'ont paru pleines de charme. Les maisons blanches à colonnades, les portes vernies, les longues grilles basses délimitant de minuscules courettes dégageaient une impression à la fois paisible et mystérieuse. Les taxis noirs qui filaient dans les rues semblaient tout droit sortis de bandes dessinées, et des odeurs d'épices inconnues me chatouillaient les narines. C'était étrange, je me sentais à la fois chez moi et à l'autre bout de la Terre, dans le présent et dans une ville surgie du passé.

Je suis arrivé à un petit square dont la grille était restée entrouverte. Les dernières feuilles virevoltaient en silence et se posaient doucement sur le sol. Un écureuil est venu sautiller devant moi en se retournant de temps à autre. Il m'a conduit jusqu'à un banc, où je me suis assis. J'ai fermé les yeux. La rumeur de la circulation semblait s'être tue comme par enchantement.

Une odeur de miel m'a soudain tiré de ma rêverie. Un homme s'était assis à côté de moi, un homme pâle et maigre qui fumait la pipe. Il m'a demandé avec un léger accent anglais :

— Qui est le coupable, à ton avis ?

Mon air ahuri l'a fait sourire. Il a ajouté :

— Je suis un client de l'hôtel. J'ai tout entendu en passant dans le couloir... Alors, qui a volé l'archet de Mr. Holmes ?

J'ai réfléchi un long moment avant de me lancer.

— Contrairement à ce que croit Frédéric, notre accompagnateur, c'est forcément quelqu'un du groupe. Nous étions les derniers visiteurs et il n'y avait personne d'autre que nous dans la salle de restaurant.

— Bravo ! a répondu le fumeur de pipe. Alors, qui ? La dame aux dents de cheval ?

— Impossible. Elle n'a pas arrêté de discourir pendant toute la visite et elle est sortie du salon la première. Comme je mourais de faim, je l'ai suivie de près. Si elle avait pris l'archet, je l'aurais vue !

— Et le jeune homme si terriblement snob ?

— Le journaliste ? Sûrement pas ! Frédéric lui a dit de rester à l'entrée parce qu'il fumait. Il n'a donc pas pu s'approcher de l'archet.

— Et si c'était justement celui que tu appelles Frédéric ? J'imagine qu'il connaît les lieux comme le fond de sa poche. Il pouvait profiter de ce que vous étiez absorbés par la visite...

C'était astucieux. Mais il y avait un hic.

— Il n'avait ni sac ni blouson, il portait juste un pull... Où aurait-il caché l'archet ?

Tout à coup, j'ai eu une idée. La grosse canne du vieux grincheux ! Si elle était creuse et que la poignée se dévissait, il avait très bien pu y glisser l'archet !

J'ai expliqué cela à l'homme à la pipe mais il a rétorqué :

— L'opération aurait pris au moins trente secondes, il me semble que quelqu'un l'aurait vu. Ou bien on aurait entendu le mécanisme de la canne... Qu'en penses-tu ?

— Il n'avait qu'à rester seul dans le salon, une fois tout le monde parti. C'est ça ! Le coupable est certainement la personne qui est sortie la dernière !

— Oui ?

— Malheureusement, je ne sais pas qui c'était. Après avoir quitté le salon derrière la dame pleine de dents, je suis allé aux toilettes...

En me tapotant la tête avec le bec de sa pipe, l'homme a suggéré :

— Réfléchis bien et examine toutes les

possibilités. Repense à tout ce que tu viens de me dire, la réponse s'y trouve en partie...

J'ai fermé les yeux pour réfléchir encore...

Quand je les ai rouverts, j'étais seul sur le banc. Il faisait froid soudain, je me suis mis à frissonner. Je me suis levé, j'ai enfoncé les mains dans mes poches...

Dans ma poche gauche, mes doigts ont senti un contact un peu rugueux. C'était un bout de papier jauni sur lequel était écrit :

Lorsque vous avez éliminé l'impossible, ce qui reste, si improbable soit-il, est nécessairement la vérité.[*]

J'ai continué à réfléchir. Et quand je suis arrivé devant l'hôtel, j'avais trouvé l'improbable vérité.

Alice était la seule à avoir pu voler l'archet !

Elle portait une grande cape qu'elle avait tenu à aller suspendre au portemanteau avant de s'asseoir à table... Bien sûr ! Elle ne pouvait pas la plier sur le dossier de sa

* Arthur Conan Doyle, « Le Diadème de béryl » (*Les Aventures de Sherlock Holmes*).

chaise, si l'archet dérobé était accroché à la doublure !

On allait la confondre, ce serait la honte !

Je suis rentré à l'hôtel le feu aux joues... pour trouver mes compagnons de voyage en train de boire du sherry tandis que Frédéric déclarait, en brandissant l'archet de Sherlock Holmes :

— Buvons à la santé d'Alice, qui a si bien joué le rôle que je lui avais confié ! Aucun de vous n'a réussi à la démasquer, et pourtant vous avez tous essayé d'appliquer les méthodes du grand Sherlock Holmes ! Mais Sherlock Holmes, lui, possédait le génie sans lequel la logique n'est rien. Voilà ce que je voulais vous prouver en montant cette petite supercherie.

Tout cela n'avait donc été qu'une farce ! Et même moi qui connais Alice depuis toujours, je ne m'étais aperçu de rien. Pourtant, contrairement à mes compagnons de voyage, j'avais fini par découvrir la vérité. Je n'avais même pas eu besoin d'être génial, il m'avait suffi d'observer.

— Vous aviez vu mais vous n'aviez pas observé, a continué Frédéric.

Cela a sonné à mes oreilles comme un écho. Et en un éclair j'ai compris pourquoi Alice ne jurait que par les romans de son Écossais. Ils étaient comme une lanterne éclairant l'obscurité.

Un mystère subsiste pourtant, qui n'a jamais été éclairci.

Je me suis renseigné à la réception de l'hôtel. On m'a répondu qu'aucun individu maigre et pâle n'y était descendu, et qu'aucune personne venue de l'extérieur n'était entrée dans l'hôtel de toute la matinée.

J'en ai conclu que l'homme à la pipe m'avait menti. Il n'avait pas entendu notre conversation du petit déjeuner. Sans doute faisait-il partie du personnel du musée Sherlock Holmes ?

Une fois rentré en France, j'ai raconté mon aventure à mon meilleur copain. Son père, un historien renommé, a longuement observé le petit papier jauni puis a déclaré, pensif :

— *Lorsque vous avez éliminé l'impossible*... Je reconnais là une des maximes favorites de Sherlock Holmes... Mais où astu donc trouvé ce document ? C'est étrange... La qualité du papier, l'encre utilisée, l'écriture... Aucun doute, ce texte a été écrit il y a plus de cent ans.

Je me suis juré de ne plus jamais dire du mal des romans. Et surtout pas des romans policiers.

Le garçon qui racontait des histoires

Victor Canning

Victor Canning (1911-1986) a commencé à écrire des romans très jeune, dès 1934. Pourtant, cet auteur britannique n'a trouvé sa voie qu'en 1947 avec une suite de romans d'espionnage qui l'ont fait qualifier par une critique réputée de successeur d'Éric Ambler, l'un des maîtres du genre. Ces romans ont souvent donné lieu à des films. Mais il a aussi écrit des romans policiers et des romans d'aventure. Il a ainsi signé entre 1947 et 1987, près de 40 romans. Il a été traduit en France très tôt dans différentes collections (L'énigme, Série noire, Panique) avec des romans comme Chasse aux espions, La Salamandre d'or, Des yeux partout, La Maison des sept faucons, Le Visage dans l'ombre, L'Œil incandescent, Le Pion de la reine... *Son roman le plus célèbre,* Le Cas Rainbird, *a été porté à l'écran par Alfred Hitchcock sous le titre* Complot de famille. *Victor Canning a écrit plusieurs romans pour la jeunesse, publiés en France chez Calmann-Levy (*Les Fugitifs, Le Vol de l'oie cendrée, La Fin du chemin*). La nouvelle qui suit, parue en France dans la revue* Mystère Magazine, *est un modèle d'humour anglais.*

Les adultes ont l'habitude de croire à tort que le monde des enfants est un curieux mélange de fiction et de réalité et que la délimitation entre le bizarre et le tangible est mal établie. Rien de plus faux. Le monde enfantin est net, vivant, et tout ce qui s'y trouve bénéficie d'une vitalité audacieuse et incontestable. C'est l'adulte qui rêve et croit aux contes de fées et aux miracles... et il est obligé d'y croire pour échapper de temps à autre à la vie de tous les jours. Besoin d'évasion que ne ressentent pas les enfants : la vie est encore pour eux une aurore aux couleurs brillantes.

Voici un exemple de cette erreur, l'histoire de Mr. et Mrs. Charles Letterworth. Charles était un avoué de province, quarante ans environ, bien équilibré, intelligent et qui pensait être un père éclairé. Et, en tant qu'avoué, il se croyait tout à fait qualifié pour distinguer la fiction de la réalité.

Sa femme Phyllis, belle et capable, prenait part aux activités du village où ils vivaient. C'était une bonne pianiste et, avant son mariage, elle avait été rédactrice adjointe d'un magazine féminin. Maintenant elle était ravie de s'occuper de sa maison campagnarde et de se consacrer avec amour à son mari et à leur fils unique Peter, qui avait huit ans.

Peter était un enfant à problèmes... il ne s'agissait pas de problèmes graves mais de quelque chose qui commençait à ennuyer

Charles et Phyllis Letterworth. Ils avaient l'habitude, depuis le plus jeune âge de Peter, de lui raconter des histoires avant qu'il s'endorme et, plus tard, ils avaient soigneusement choisi les premières lectures.

Peter adorait les histoires qu'on lui racontait ou qu'il lisait et pour lui elles étaient tout à fait réelles. Si elles ne lui avaient pas parues réelles, elles n'auraient eu aucune valeur à ses yeux. Mais maintenant les Letterworth étaient contrariés parce qu'ils s'apercevaient que cet amour des histoires d'imagination et des contes de fées qu'ils avaient inculqué à Peter s'était transformé en une inquiétante tendance à dire des mensonges.

Un soir, alors qu'ils prenaient l'apéritif, Phyllis dit à Charles :

— Il est rentré tard cet après-midi avec six belles pêches. J'ai vu qu'elles venaient du jardin du pasteur parce qu'on n'en trouve que là. Et je compris qu'il les avait volées parce que, quand j'ai téléphoné au pasteur (qui connaît chaque fruit de son arbre), il m'a confirmé qu'il en manquait six.

Charles sirotait son porto d'un air pensif, puis il demanda :

— Qu'a dit Peter ?

— Qu'il était en train de longer le jardin du pasteur quand un homme a surgi d'un buisson et lui a donné les six pêches.

— C'est tout ?

— Non. Il portait un pot de confiture plein de petits poissons (il s'agit de Peter évidemment) qu'il avait pêchés dans la mare du moulin. L'homme lui dit qu'un pot de confiture n'était pas un endroit où les poissons pouvaient vivre et que s'il les rapportait à la rivière, il lui donnerait six pêches. Mais ce n'est pas tout. Peter dit que l'homme portait une sorte de casque de pompier et une épée... on aurait dit un chevalier sans cheval. Quoi qu'il en soit, Peter remit les poissons dans la rivière et prit les pêches.

— Ne trouves-tu pas que son histoire est un peu trop compliquée pour couvrir un simple vol de pêches ? Cette histoire de chevalier en armure ? J'ai déjà entendu ça quelque part.

— J'en ai bien peur. Charles, tout cela

m'ennuie. Cela n'a rien d'extraordinaire qu'un enfant vole quelques pommes ou quelques pêches. Et, d'une certaine façon, c'est naturel aussi qu'il fasse quelques petits mensonges... mais pas une histoire aussi fantastique ! S'il continue comme ça et que nous ne pussions l'en empêcher, il croira qu'il peut toujours s'en tirer avec des fantaisies de ce genre et c'est alors que nous aurons un grave problème à résoudre.

— Eh bien, cela prouve qu'il est un de ces enfants à qui il faut apprendre, même par les moyens les plus rudes, qu'il existe une différence entre la réalité et la fiction.

— Oh ! non, Charles !.... tu ne peux pas faire ça !

— Je le peux et je le veux... s'il n'y a pas d'autre moyen. Mon père m'a battu une fois dans ma vie et je ne l'ai jamais oublié, ça a été une leçon profitable. Tu vas lui parler et lui dire que si jamais il dit encore un mensonge comme celui-ci, je serai obligé de le punir. Que sont devenues les pêches ?

— Le pasteur a été très gentil... il m'a dit de les garder.

Peter eut donc un avertissement et, durant trois semaines, Charles et Phyllis n'eurent aucun souci à son sujet. Puis, un soir, Charles qui rentrait de son bureau, fut accueilli par ces paroles :

— Charles, j'ai envoyé Peter se coucher sans souper. Je crains que tu ne sois obligé de... c'est-à-dire que toute cette histoire me dépasse.

— Que s'est-il passé ? Il ne s'agit pas encore de ce chevalier avec une épée ?

— J'en ai bien peur. Et il en a rajouté. Cette fois-ci, le chevalier chevauchait un cheval blanc. Et il portait des bijoux et...

— Calme-toi. (Charles posa une main sur l'épaule de sa femme.) Commençons par le commencement.

Phyllis s'assit et lui dit toute l'histoire comme la lui avait racontée Peter. Le garçon était rentré à la maison vers cinq heures et il était trempé. Il dit qu'il était encore allé pêcher dans la mare du moulin. Il adorait pêcher comme son père... bien qu'il ne se servit que d'une baguette de noyer à laquelle était accroché, au bout d'une ficelle, un hameçon à trois sous avec un vers.

Le père et le fils avaient souvent pêché ensemble dans la mare du moulin. L'ambition de Charles (et de tous les pêcheurs du village) était d'attraper une vieille truite cannibale qui y vivait. Dans le pays, on appelait cette truite la Vieille Prudente car, accrochée plusieurs fois, elle avait toujours réussi à s'échapper. Mais, accoudés au pont du moulin, Charles et Peter l'avaient souvent vue évoluer dans les profondeurs verdâtres de la mare.

Donc Peter, continua Phyllis, pêchait de la rive avec un ver quand l'hameçon s'était enfoncé. Au bout d'un moment il s'était rendu compte que c'était la Vieille Prudente et, dans la lutte qui suivit, Peter avait glissé et était tombé à l'eau ; mais il avait réussi à monter sur la rive.

— Quoi... avec ce vieux bout de ficelle et sa branche de noyer ? Sottise ! C'est impossible !

— Il affirme que c'est vrai. Mais bien sûr c'est une histoire pour excuser sa chute dans la mare et le fait d'avoir été pêcher tout seul. Il sait bien qu'on ne lui permet d'y aller qu'avec quelqu'un.

— Naturellement... Et puis, s'il avait attrapé la Vieille Prudente, il l'aurait ramenée à la maison. Tout le village aurait voulu la voir et il le sait bien.

— C'est là qu'est le point faible. Il dit qu'il revenait à la maison avec le poisson quand, au moment où il descendait le long de la rivière, le chevalier apparut, chevauchant cette fois-ci un cheval blanc. D'après ce que m'a dit Peter, le chevalier vit le poisson et dit qu'il était cruel de l'avoir arraché de la rivière où il était si bien. Il dit que si on ne remettait pas le poisson dans l'eau il mourrait et que quand une chose était morte, elle ne redevenait jamais vivante. Tout l'or et les bijoux du monde ne pourraient la ramener à la vie.

Le chevalier, poursuivit Phyllis, avait alors sorti de sa poche toute une poignée de bijoux (bagues et colliers de perles) et les avait jetés dans la rivière. Il avait dit qu'on pourrait remplir de trésors la rivière sans parvenir pour cela à ranimer ce qui était mort.

— Alors Peter a jeté le poisson ?

— Oui. Et le chevalier, sur son cheval blanc, est parti en agitant son épée tandis que son casque brillait au soleil.

— Il est tombé à la rivière en pêchant tout seul. Et au lieu de l'avouer franchement, il raconte cette histoire extravagante ! Il faut que je m'occupe de lui. Il faut qu'il apprenne qu'on ne peut cacher un fait désagréable à l'aide d'un mensonge fantastique.

Charles sortit de la pièce mais il n'alla pas tout de suite voir Peter. Il sortit et alla faire un petit tour en direction du café du village. La pensée d'avoir à corriger son fils lui était profondément désagréable et il n'osait s'avouer qu'il en reculait le moment pénible en allant prendre tranquillement un verre et en réfléchissant à ce qu'il allait dire à Peter. La correction en elle-même (il le savait par la propre expérience qu'il en avait eue avec son père) n'était rien si les paroles qui l'accompagnaient n'étaient pas adéquates. Il n'y avait personne dans le café excepté le propriétaire, qui servit à Charles un long whisky et lui dit, en s'accoudant au comptoir :

— Vous avez l'air un peu déprimé, Mr. Letterworth. Je vais vous raconter une histoire qui va vous remonter. Vous savez cette espèce de maître d'hôtel étranger qui était au château ? Eh bien, il a fait une escapade cette après-midi. Il a pris un tas de bijoux à la dame du château et qui plus est (et ça va vous faire rire) il a chipé un des chevaux de chasse de son mari. La jument blanche, vous savez.

» Puis il est parti, complètement fou, ayant mis un vieux casque du châtelain et brandissant une épée de cavalerie. On l'a attrapé près de Roydall il y a une heure. Visiblement fou à lier. Il semble qu'une ou deux fois il a déjà eu de ces crises et qu'il se soit déjà échappé, toujours avec un casque et une épée. Ils n'en avaient jamais parlé, vous savez combien la dame du château a bon cœur. Mais cette fois-ci, à cause des bijoux et du cheval, ils ont prévenu la police.

» Quelle drôle d'histoire, non ? Si je rencontrais un type descendant la rue sur un cheval blanc, avec un casque, une épée à la main et couvert de bijoux, je dirais que c'est impossible. Pas vous ?

Charles le regarda en souriant.

— Non, moi je ne le dirais plus.

« The boy who told fibs », de Victor Canning

Traduit de l'anglais par Denise Baye.

Les grands romans policiers pour la jeunesse

1929 *Émile et les détectives*, d'ERICH KÄSTNER (*Emil und die Detektive*)

Le texte fondateur du genre. Erich Kästner, écrivain allemand (1899-1974), qui fut journaliste, poète et auteur pour la jeunesse (*La classe volante*, *Le 35 mai*, *Deux pour une*), a signé là un classique. Émile, un jeune provincial, est invité à Berlin chez son oncle mais, durant le voyage en train, il se fait dérober l'argent que lui a donné sa mère par un homme au chapeau melon noir. Aidé par une bande de garçons, il va se mettre à la poursuite de son voleur...

Le roman a été adapté plusieurs fois au cinéma, en 1931 et 1954 notamment. Il a été adapté également à la télévision française dans l'émission de Claude Santelli *Le Théâtre de la jeunesse*.

1935 *Sir Jerry détective*, de MAD H GIRAUD, Gautier-Languereau, « Bibliothèque de Suzette »

Rédactrice en chef du journal pour les jeunes filles *La Semaine de Suzette*, Mad H Giraud a créé avec Sir Jerry Douglas un détective dans la lignée de Sherlock Holmes, partageant la vedette du roman avec un groupe d'enfants qui participent à l'enquête. Le succès fut tel que six autres romans suivront entre 1935 et 1948 : *Les Étranges Vacances de Sir Jerry* (1936), *Sir Jerry et l'affreux Leonard* (1937), *La Mystérieuse Disparition de Sir Jerry* (1938), *L'Inévitable Sir Jerry* (1939), *La Périlleuse Mission du capitaine Jerry* (1940), *Jerry dans l'ombre* (1948).

Un septième titre parut en 1949 — *Sir Jerry et les Philippines* — inaugurant aux éditions des Deux Mondes une collection de romans policiers pour la jeunesse, la collection « Sir Jerry détective ».

1952 *Rémi et le fantôme*, de COLETTE VIVIER, Bourrelier, « Marjolaine »

Ce roman est l'œuvre de l'auteur français Colette Vivier (1898-1979), pseudonyme de Colette Duval, qui fut un des grands auteurs pour la jeunesse des années 1940 à 1960 : *La Maison du loup*, *La Porte ouverte*, *Bonjour Marion*, *La Grande Roue*, *La Maison des quatre vents*...

1953 *Sur la piste du mûrier* d'YVONNE ESCOULA, Gallimard, « Bibliothèque blanche »

Une histoire d'amitié entre deux jeunes garçons, dont l'un va tomber sous la coupe d'une bande de truands, qui fait penser par la grâce de l'écriture et le charme de l'intrigue à du Pierre Véry.

L'année suivante dans la même collection, Yvonne Escoula publiait un autre roman policier remarquable : *Six chevaux bleus*, qui a donné lieu à un feuilleton télévisé.

1953 *L'affaire Caïus*, de HENRY WINTERFELD (*Caïus ist ein Dummkopf*), Hachette, « Bibliothèque verte », 1955

L'auteur allemand Henry Winterfeld (1901-1990) a écrit de nombreux ouvrages pour la jeunesse : *Les Enfants de Timpelbach*, *Télégramme de Lilliput*, *Tombée du ciel*... *L'Affaire Caïus*, roman policier historique qui se déroule dans la Rome antique, est son roman le plus célèbre. Henry Winterfeld a écrit trois autres romans mettant en scène Caïus, dont un traduit en français : *Caïus et le gladiateur*.

1955 *Le Cheval sans tête*, de PAUL BERNA, éditions GP, « Bibliothèque Rouge et Or »

Paul Berna est le pseudonyme de Jean Sabran (1908-1994), qui a publié des romans littéraires sous son nom ou sous le pseudonyme de Bernard Deleuze. Mais il est surtout connu sous ses deux autres signatures. Il fut, sous le nom de Paul Gerrard, l'un des grands auteurs policiers français des années 1960-1980 — il obtint en 1959 le grand prix de littérature policière pour *Deuil en rouge* — et l'un des piliers de la célèbre collection « Un mystère » des Presses de la Cité. Sous le nom de Paul Berna, il fut l'un des auteurs vedettes de la collection « Rouge et Or Souveraine » des éditions GP. C'est là qu'après deux romans de science-fiction (*La Porte des étoiles*, *Le Continent du ciel*), il publie un roman policier pour la jeunesse dans la lignée d'*Émile et les détectives* : *Le Cheval sans tête*, qui obtint le grand prix de littérature du salon de l'enfance et qui fit l'objet d'un film.

Paul Berna devait publier par la suite dans la même collection plusieurs autres romans policiers pour la jeunesse : *Le Piano à bretelles*, *Le Témoignage du chat noir*, *Le Commissaire Sinet et le mystère de l'autoroute Sud* et *Le Commissaire Sinet et les poissons rouges*.

Un autre de ses romans policiers pour la jeunesse, *L'Épave de la Bérénice*, a été traduit en anglais et a été nommé pour le prix américain le plus prestigieux du genre : le Edgar Poe Award.

1956 *L'Enlèvement de M. Pervenchelle*, de JEAN LEFEBVRE, Hachette, « Bibliothèque verte »

Le professeur Pervenchelle a disparu. Tilou, le fils de la concierge, devra résoudre le mystère avec l'aide de son ami Chevrette...

1957 *L'auberge des trois guépards*, de MIK FONDAL, éditions Alsatia, « Signe de piste »

Mik Fondal est le pseudonyme commun de Jean-Louis Foncine et de Serge Dalens, deux auteurs fondateurs de la collection de romans scouts, « Signe de Piste ». Ils ont créé pour cette dernière une série de romans policiers, « Les Enquêtes du chat-tigre », qui mettent en scène un adolescent d'une quinzaine d'années, Mik, neveu d'un juge d'instruction, surnommé le « Maigret du Signe de piste », parce qu'il a quelques talents de détective. La série s'est poursuivie ensuite avec : *Les Galapiats de la rue haute*, *L'Assassinat du duc de Guise*, *Pas de chewing-gum pour Pataugas*, *Le Piano des princes Darnakine*, *La Bible de Chambertin* (en collaboration avec Jean-François Bazin), *La D. S. de Creil, Telemik ou le crime de Mitou*, puis quelques années plus tard avec *La Guêpe et les Frelons*, *Panique sur la butte*, *Versailles-Vougeot ou l'Affaire de Larches* (1983).

Jean-Louis Foncine a écrit seul plusieurs romans policiers jeunesse : la série « Cadet détective ».

1960 *Signé Alouette* et *Les héritiers d'Avril*, de PIERRE VÉRY, Hachette, « Bibliothèque verte »

Pierre Véry est revenu à la fin de sa vie au roman policier, mais à destination de la jeunesse. Les deux intrigues de ces romans sont très différentes, mais on y retrouve la manière très particulière de l'auteur, son inspiration poétique et son sens du mystère.

On notera qu'un de ses romans policiers pour adultes, *Les Disparus de Saint-Agil*, fut publié par le Club des jeunes amis du livre et qu'il est devenu un classique de la littérature jeunesse.

1960 *Trois garçons mènent l'enquête*, de PIERRE LAMBLIN, éditions GP, « Spirale »

Ce roman fut réédité dans la même collection sous le titre *Jacques Rogy entre en scène* et donna naissance ainsi à la série « Les grands reportages de Jacques Rogy », mettant en scène un journaliste-enquêteur du nom de Jacques Rogy. Entre 1962 et 1976 parurent 26 titres en tout, dont *Jacques Rogy court deux lièvres à la fois*, *Jacques Rogy lâche les chiens*, *Jacques Rogy enquête sous les eaux*, *Jacques Rogy réussit un fameux coup de filet*. Jacques Rogy est grand reporter au journal *Grand écho* dans le premier volume avant de passer au journal *Le Clairon*.

Pierre Lamblin a écrit en collaboration avec Lucienne Pujol une autre série pour la jeunesse : celle des « Jum's ».

Pierre Lamblin avait remporté en 1951 le prix Émile Gaboriau pour son roman policier pour adultes *La Concierge n'est plus dans l'escalier*.

1960 *Corinne et le jacaré*, d'ODETTE SORENSEN, éditions du temps, « Suite pour Isabelle »

Auteur de romans policiers pour adultes sous son nom — elle obtint le grand prix de littérature policière pour *La Parole est au mort* — ou sous le pseudonyme de Luc Rivière (*Drame en Sorbonne*, *Double jeu*, *Cinq pour un meurtre*, *Le Mystère de l'abri 24*), Odette Sorensen a écrit une suite de trois romans mettant en scène une jeune fille prénommée Corinne, mêlée à des affaires policières, pour une collection à destination des adolescentes. En 1961, paraissait *Corinne au pied du mur* et, en 1962, *Corinne à Silvery Lodge*. Par la suite, Odette Sorensen a écrit d'autres romans policiers pour la jeunesse chez Hatier, dans la collection « Jeunesse poche » (*Un certain Curtis Rhodes*, *L'Inconnu à la houppelande*), puis a conçu pour la « Bibliothèque verte » la série « Le carré d'as » (*Le Revenant de la tour Bertrande*, *Le Sac aux millions*, *Deux as à la TV*, *Le Carré d'as et les malandrins*).

1961 *L'Album de satin rouge*, d'ANDRÉ DE LA TOURRASSE, GP, « Souveraine Rouge et Or »

Deux jeunes adolescents enquêtent sur la curieuse disparition d'un cahier rouge ayant appartenu à un inconnu qui cherchait un endroit nommé Sainte-Colombe...

André de la Tourrasse est le pseudonyme de François d'Orgeval, auteur de plusieurs romans policiers parus chez Fayard (*L'Œil du chat-huant*, *Le Boiteux de la rue Saint-Marc*, etc.).

1961 *L'Étrange Invitation*, de LOUIS C. THOMAS, éditions GP, « Spirale »

Auteur français (1921-2003), prix du Quai des Orfèvres en 1957 pour *Poison d'avril*, spécialiste français du suspense comme le tandem Boileau-Narcejac, grand auteur de radio (« Les maîtres du mystère »), il n'a écrit pour la jeunesse que ce seul roman où figure le commissaire Paron qu'on retrouve dans plusieurs de ses romans pour adultes.

Serge est invité dans la région de Marseille par un oncle qu'il ne connaît pas. Mais l'individu qui vient l'attendre à la gare est-il vraiment le domestique de son oncle ?

1971 *Sans Atout et le cheval fantôme*, de BOILEAU-NARCEJAC, Hatier, « Jeunesse poche »

Sans Atout contre l'homme à la dague, de BOILEAU-NARCEJAC, Hatier, « Jeunesse poche »

Reprenant un personnage créé par Pierre Boileau seul, mais le transformant totalement, Boileau-Narcejac publièrent, avec un certain retentissement, ces deux romans policiers pour la jeunesse, puis un troisième dans la même collection : *Les Pistolets de Sans Atout*. Ont suivi *Dans la gueule du loup*, *L'Invisible Agresseur* et *Le Cadavre fait le mort*, qui mettent tous en scène un jeune garçon, François Robion, surnommé Sans Atout, et détective précoce.

La série de romans a donné naissance à une série télé pour la jeunesse.

1975 *L'Incroyable Aventure des enfants de Catchpole*, de CATHERINE STORR, Fernand Nathan, « Bibliothèque internationale » (*Catchpole story*)

Auteur britannique (1913-2001), Catherine Storr a pratiqué la médecine pendant quatorze ans avant de devenir écrivain. Elle est l'auteur de nombreux livres pour la jeunesse : *Puce et Cath*, *Encore Polly, encore le loup !*, *Robin*, etc.

1983 *Les Horloges de la nuit*, de RODERIC JEFFRIES, Nathan, « Arc en poche » (*Eighteen Desperate Hours*)

Auteur britannique né en 1926, fils d'un auteur de romans policiers, Bruce Graeme, avec lequel il a collaboré pour la série des « Blackshirt », Roderic Jeffries a écrit des romans policiers pour adultes sous les pseudonymes de Jeffrey Ashford et de Peter Alding. Mais il est aussi l'auteur de nombreux romans de suspense pour la jeunesse comme *Les Horloges de la nuit* ou *La Route du danger*, traduits en français chez Nathan, mais aussi *The Boy who knew too much* ou *The Missing Man*, non traduits.

1985 *La Malédiction du rubis*, de PHILIP PULLMAN, Gallimard Jeunesse, 2003 (*The Ruby in the Smoke*)

Philip Pullman, auteur de la célèbre trilogie de fantasy jeunesse *À la croisée des mondes*, a mis en scène dans ce roman d'aventures policières qui se déroule en 1872 une jeune adolescente de 16 ans au caractère bien trempé : Sally Lockart.

Dans les romans suivants — *Le Mystère de l'étoile polaire* (1999), *La Vengeance du tigre* (1999), *La Princesse de Razkavie* (2000) — Sally est devenue une jeune femme dont on suit les formidables aventures, mais aussi la façon volontaire et libre qu'elle a de conduire sa vie en faisant fi des usages de son temps.

Table des matières

14 contes du Québec n°1011
Jean Muzi

Au Québec, pays des Indiens et des bûcherons, on croise aussi des princesses ou des renards rusés. Qui a inventé le sirop d'érable ? Pourquoi la grenouille a-t-elle des pattes arrière aussi longues ? Le diable est-il vraiment le plus malin ? 14 contes pour apprendre à connaître ce pays et se rendre compte que, comme partout, la malice triomphe de la sottise...

Les années

COLLEGE

avec **CASTOR POCHE**

Un cheval peut en cacher un autre
Marie Amaury

n°974

Marine ne supporte pas Hughes, son “beau-père”, et ce dernier le lui rend bien ! Surtout lorsque la jeune fille détruit, par accident, le disque dur de son ordinateur. En guise de punition, Marine se voit contrainte de travailler 13 heures par semaine dans le haras que dirige Hughes. Marine découvre un nouvel univers plein de surprises...

Les années

COLLEGE

avec **CASTOR POCHE**

La Cavalière de minuit n°973
Victoria Holmes

Helena a beau être la fille aînée de Lord Roseby et vivre dans un manoir, c'est une demoiselle qui n'a pas froid aux yeux ! Sa grande passion, ce sont les chevauchées nocturnes avec Oriel, un superbe étalon. Quand elle apprend que des trafiquants sévissent sur la côte et menacent la sécurité de tous, elle décide de mener l'enquête... au galop !

Les années

COLLEGE

avec **CASTOR POCHE**

Cet
ouvrage,
le mille cinquante-huitième
de la collection
CASTOR POCHE
a été achevé d'imprimer
sur les presses de l'imprimerie
Maury-Imprimeur
Malesherbes - France
en Octobre 2008

Dépôt légal : septembre 2007.
N° d'édition : L.01EJEN000146.B002
Imprimé en France.
ISSN : 0763-4497
Loi N° 49-956 du 16 juillet 1949
sur les publications destinées à la jeunesse